CAIU
NA
REDE

CORA RÓNAI ‹ORGANIZAÇÃO›
FRED LEAL ‹PESQUISA›

CAIU NA REDE

OS TEXTOS FALSOS DA
INTERNET QUE SE TORNARAM CLÁSSICOS
DE Millôr Fernandes, Luis Fernando
Verissimo, Arnaldo Jabor, João Ubaldo
Ribeiro, Caetano Veloso, Jorge Luis Borges,
Carlos Drummond de Andrade, Gabriel
García Márquez E MUITOS OUTROS

AGIR

Copyright © 2005 Agir
Copyright © 2005 da organização e introdução by Cora Rónai
Copyright de 'Um dia de modess' © 1999 by Conrad Editora do Brasil Ltda.,
'Quem não tem namorado' © 1984 by Paulo Alberto M. Monteiro de Barros, 'No caminho, com Maiakóvski' © 2005 by Geração Editorial, 'Presque' e 'Apócrifos' © by Luis Fernando Verissimo, 'Tipo assim' In: Tipo assim (Zero Hora Editora Jornalística) © 2003 by Kledir Ramil

Capa e projeto gráfico
Necas

Copidesque
Paulo Corrêa

Revisão
Bruno Correia

Produção editorial
Lucas Bandeira de Melo

A editora buscou, por todas as formas possíveis, encontrar os autores reais dos textos publicados. Alguns autores autorizaram a publicação de seus textos mas preferiram não receber os créditos porque os originais sofreram algumas alterações que não foram identificadas. A editora se coloca à disposição dos autores reais cujos nomes não foram creditados.

http://www.livrocaiunarede.com.br
cairnarede@gmail.com

CIP-BRASIL. CATALOGAÇÃO-NA-FONTE / SINDICATO NACIONAL DOS EDITORES DE LIVROS, RJ.

C137

Caiu na rede Os textos falsos da internet que se tornaram clássicos de: Millôr Fernandes, Luis Fernando Verissimo, Arnaldo Jabor, João Ubaldo Ribeiro, Caetano Veloso, Jorge Luís Borges, Carlos Drummond de Andrade, Gabriel García Márquez e muitos outros /Cora Rónai (organização); Fred Leal (pesquisa). – Rio de Janeiro: Agir, 2006

ISBN 85-220-0692-X

1. Internet - Antologias. 2. Internet – Humor, sátira, etc. I. Rónai, Cora. II. Leal, Fred.

06-0090.	CDD 808.88	
	CDU 82-82	
09.01.06	12.01.06	012908

Todos os direitos reservados à
AGIR EDITORA LTDA. – uma empresa Ediouro Publicações
Rua Nova Jerusalém, 345 – CEP 21042-235 – Bonsucesso – Rio de Janeiro – RJ
tel.: (21) 3882-8200 fax: 3882-8212/8313

SUMÁRIO

9. Os Verissimos falsos

19. 'Nem fodendo!' e outras considerações lingüísticas sobre a Última Flor do Lácio
21. O direito ao palavrão
23. Minha inguinorância é pobrema meu
25. Tipo assim

29. Pouca roupa e muito chifre: a angústia existencial de quem procura tomada no mato.
31. The summer is tragic!
33. Mamãe executiva
35. Na hora de cantar
36. Um dia de merda
39. Alguns motivos pelos quais os homens gostam tanto de mulheres!
41. Mulheres empresárias
44. Um dia de modess
46. Pedido de amigo
47. Orgasmo trifásico
48. Quem não tem namorado
50. A verdade sobre Romeu e Julieta
52. Casamento moderno
55. Promessas matrimoniais
56. Desabafo de um marido
58. Marte e Vênus

- **59.** No liquidificador da TV, sobram celebridades, silicone e confusão para todos os lados.
  Os não-autores que se expliquem (e agüentem o mulherio indignado!).
- 61. Ninguém mais namora as deusas
- 63. Baba, Kelly Key
- 65. Duas vidas
- 68. No trabalho, e chocada
- 70. Diga não às drogas

- **73.** A indigNação que não ousa dizer seu nome, ou a sinceridade dos insinceros. Vamos mudar tudo que aí está – a começar pelo nome dos autores!
- 75. Faz parte
- 77. Precisa-se de matéria-prima para construir um país
- 80. Ode aos gaúchos
- 82. Brasil e o mundo podem prejudicar a sua saúde
- 84. Por que no Brasil não há terrorismo

- **89.** O amor está no ar: acho que é por isso que eu estou com esta puta alergia no olho, ou A felicidade é uma viagem, e não um destino.
- 91. A impontualidade do amor
- 92. Sobre o amor
- 94. Às vezes
- 96. Precisando do amor
- 98. As razões que o amor desconhece
- 109. Até a rapa
- 100. A dor que dói mais
- 102. Pot-pourri de assuntos

105. De onde viemos? Para onde vamos? Quem paga as passagens? Acima de tudo, lembremo-nos de que um amador solitário construiu a Arca, ao passo que o Titanic foi construído por uma poderosa equipe de especialistas. E o camelo foi criado por um grupo de trabalho, mas essa é outra história.

107. Mulher, sua origem e seu fim
111. Bunda dura
112. Nada como a simplicidade
113. O velório
114. Dez coisas que levei anos para aprender
115. Oração dos estressados
115. Quase
117. Marionete
118. Entrevista com Deus
119. Vida
120. Felicidade realista
122. Envelhecer
122. Solidão
123. O que faz bem à saúde
124. Como conseguimos sobreviver?

127. Tola, vaidosa, atrevida. Soberba, inculta e banal: A poesia apócrifa, ou Castro Alves está morto, Borges está morto também – e a minha caixa de correio não está se sentindo muito bem.

129. Não te amo mais
130. Triologia sobre a arte de dar
132. A morte devagar
134. No caminho, com Maiakóvski
137. A pessoa errada
138. Há momentos
139. A orgulhosa
142. Instantes

143. Os autores põem os pingos nos ii, e explicam que focinho de porco não é tomada. Não adianta nada, porque muita gente vai continuar insistindo em se ligar nos suínos, mas pelo menos fica aqui lavrada a Grita dos Injustiçados.
145. Precisa-se de matéria-prima para construir um país
145. Em trilha de paca, tatu caminha dentro
148. Eu não escrevi 'Bunda dura'
151. Quem copia o rabo amplia
154. Vaidade
155. Clonagem de textos
156. Presque
157. Apócrifos

OS VERISSIMOS FALSOS

'SENHORAS E SENHORES DA TURMA DE 1997', dizia o discurso de Kurt Vonnegut no MIT que um amigo internauta me mandou da Califórnia em meados daquele ano. 'Usem filtro solar. Se eu pudesse lhes dar uma única dica em relação ao futuro, esta dica seria filtro solar. Os benefícios do uso do filtro solar a longo prazo já foram comprovados pelos cientistas, ao passo que meus outros conselhos não têm qualquer base mais sólida do que a minha vivência mambembe.

'Aproveitem a força e a beleza da sua juventude. Aliás, deixem pra lá. Vocês não conseguirão entender a força e a beleza da sua juventude até que tenham desaparecido. Mas acreditem: dentro de vinte anos, vocês olharão para suas fotografias e se lembrarão, de uma forma que sequer imaginam, quantas possibilidades existiam diante de vocês, e como eram bonitos. Vocês não estão tão gordos quanto pensam.

'Não se preocupem em relação ao futuro. Ou preocupem-se, mas saibam que isso adianta tanto quanto tentar resolver um problema de álgebra pulando amarelinha.

'Não sejam displicentes com os corações dos outros. Não aturem pessoas que sejam displicentes com o seu.

'Escovem os dentes.

'Lembrem-se dos elogios que receberem. Esqueçam os insultos. Se conseguirem fazer isso, digam-me como se faz.'

E por aí seguia o texto, com bom humor e melhores conselhos, pequena obra-prima cheia de graça e sabedoria. Grande Kurt Vonnegut!, pensei com meu fecho ecler, antes de selecionar meia dúzia de amigos na lista da caixa postal e encaminhar-lhes a maravilha. Naquele momento, em incontáveis computadores espalhados por toda a parte, milhares de pessoas faziam exatamente a mesma coisa; entre elas, a fotógrafa Jill Krementz, mulher de Vonnegut.

Resultado: o texto deu tantas voltas ao mundo que acabou nas frases da semana da revista *Time* de 7 de agosto de 1997: 'Wear Sunscreen, Kurt Vonnegut, at the Massachusetts Institute of Technology.'

Estaria tudo lindo se o texto fosse, de fato, de Kurt Vonnegut. Só que não era. A internet de então era menor, menos conhecida e tinha poucas máquinas de busca. Ainda assim, se o jornalista responsável por aquela seção da *Time* tivesse se dado ao trabalho de ir ao site do MIT, teria descoberto que o autor do discurso aos formandos, naquele ano, havia sido Kofi Annan, atual secretário-geral das Organizações das Nações Unidas. E que Vonnegut jamais se dirigira aos estudantes do prestigioso instituto.

Nas semanas seguintes, o mistério começou a se desfazer. A 'mãe' de 'Filtro Solar', primeiro texto a circular com autoria trocada na internet, era Mary Schmich, do *Chicago Tribune*, que o publicou na sua coluna de 1º de junho de 1997. Nos meses seguintes, ironicamente, ela recebeu centenas de cartas e emails de leitores indignados, acusando-a de plagiar Vonnegut.

O episódio me deu muito o que pensar à época. Editora de um caderno de tecnologia, eu também publiquei o texto, no mesmo dia da *Time*, embora com a autoria já devidamente esclarecida; mas até hoje sinto um frio na espinha quando penso no caso, porque só fui salva pela sorte ou, talvez, por ser mais escaldada pela internet.

Naquele caso, tudo se encaixava à perfeição. O texto, com seu jeito irônico, doce-azedo, podia ser um autêntico Kurt Vonnegut, e fazia todo o sentido que um dos grandes ícones da geração que popularizou os PCs fosse convidado a discursar no MIT, o Grande Templo Sagrado de nerds e geeks.

Acredito, aliás, que foi a combinação dos nomes Vonnegut e MIT que fez com que 'Filtro Solar' se tornasse um texto tão conhecido. De certa forma, até entendo a motivação de quem alterou a sua autoria. É óbvio que a pessoa o fez achando que todos deveriam tomar conhecimento daquela mensagem alegre e sensata. Ora, tanto 'Vonnegut' quanto 'MIT' eram mantras para os internautas de então; as chances de um email trazendo essas palavras mágicas no assunto ser aberto eram infinitamente maiores do que se lá estivessem os nomes 'Schmich' e 'Tribune'.

A estratégia funcionou de forma espetacular. 'Filtro Solar' foi um dos trotes mais bem-sucedidos de todos os tempos. Na Austrália, caiu nas mãos de Baz Luhrman, que decidiu musicá-lo, convencido de que era um Vonnegut autêntico. O diretor de *Moulin Rouge* só descobriu a verdade quando escreveu para a agência do autor, interessado em comprar os direitos.

Mas mesmo despido das palavras mágicas 'Vonnegut' e 'MIT', o CD foi um sucesso instantâneo, que passou dois anos consecutivos no hit parade australiano e chegou, em triunfo, aos Estados Unidos. De lá ganhou mundo, e acabou chegando ao Brasil, na voz de Pedro Bial. Que hoje, nem preciso dizer, é considerado o verdadeiro autor do texto pelos mais desavisados.

Dois meses depois de escrever 'Filtro Solar' (que na versão original do jornal se chamava 'Conselhos, como a juventude, desperdiçados nos jovens'), Mary Schmich, que do dia para a noite virou web-celebridade e foi entrevistada em todos os talkshows, escreveu sobre o assunto:

'Qualquer coisa, escrita por qualquer um, com qualquer nome na etiqueta, pode ser lançada no ciberespaço e, em questão de horas, ser lida por multidões ao redor do mundo. Minha breve existência como Kurt Vonnegut não prejudicou ninguém, mas ilustra o alcance, a potência e as falhas da internet.

'A palavra escrita sempre foi poderosa. Mas quando o poder da palavra junta-se ao poder da web, cria-se uma força maior do que tudo o que já vimos. Isso é ao mesmo tempo aterrorizador, sedutor e lindo, como a nuvem em forma de cogumelo de uma bomba.'

Mary Schmich, primeira vítima de uma autoria trocada na web, foi direto ao ponto: a união entre o poder da palavra e o poder da rede. Textos apócrifos, afinal, não chegam a ser novidade. Como praticamente todos os males de que acusam a internet, eles existem desde o começo dos tempos – ou, pelo menos, desde que o homem começou a registrar seus pensamentos.

A própria Bíblia está cheia de textos apócrifos, aceitos como Verbo Divino por algumas religiões e rejeitados por outras. Mais recentemente, em 1989, a revista mexicana *Plural*, fundada por ninguém menos que Octavio Paz, publicou um suposto poema de Borges, o célebre 'Instantes', que circulava em cópias xerox entre os amantes do escritor argentino: 'Se eu pudesse

viver novamente a minha vida, na próxima trataria de cometer mais erros...'
— vocês sabem.

Bastou isso para dar à versão melosa e falsificada de um bom poema do cartunista americano Don Herrold, publicado pela revista *Seleções do Reader's Digest* em outubro de 1953, a autoria de Borges. 'Instantes' é uma daquelas pragas universais que podem ser encontradas em camisetas de feira hippie, quadrinhos cafonas, antologias descuidadas.

Num caso certamente bizarro e sem paralelos na história da literatura, Maria Kodama, viúva do poeta e editora de sua obra, teve que entrar na justiça para não receber direitos autorais pelo poema, que despreza visceralmente.

Quando as palavras circulavam apenas em impressos, já era difícil desfazer equívocos assim; com a popularização da internet, porém, restabelecer a verdade se tornou praticamente impossível. O extraordinário sucesso de 'Filtro Solar' criou uma febre de falsificações, apropriações indébitas, trocas de nomes.

Quem faz essas coisas? E por quê?

Difícil dizer; difícil sequer tentar a explicação lógica que se pode aplicar ao caso clássico do proto-apócrifo, que tem uma grande mensagem, mas calhou de ser escrito por uma pessoa pouco conhecida.

Dá para entender que alguém, empolgado com o texto, tenha maquiavelicamente substituído o nome da autora por um dos nomes de maior impacto no mundo alternativo na web. Afinal, 'Filtro Solar' é um texto que pode exercer influência muito positiva na vida de jovens (e adultos, como não?) oprimidos pelos padrões ditados pela mídia.

Certamente esta ainda é a grande motivação principal por trás da maioria das trocas de nomes; isso explica, por exemplo, a imensa quantidade de falsos Verissimos no Brasil. Quem resiste ao autor mais amado do país? A segunda motivação, se é que assim se pode chamá-la, é uma completa falta de interesse pelo autor do texto: o que vale é a mensagem, não importando quem a tenha escrito. É por causa disso que o célebre Anônimo, às vezes chamado também de Autor Desconhecido, que tantos quadros pintou na antiguidade e tantas peças de música vem compondo desde tempos imemoriais, continua aprontando na rede.

Ao ler a maioria dos apócrifos que circulam pela internet.BR, não é difícil perceber que a confusão raras vezes nasce da maldade ou da simples vontade de passar trotes. Em sua vasta maioria, os textos são cômicos ou motivacionais, 'lições de vida' — o que, sem grandes psicologismos, basta para revelar o que está por trás da falsa atribuição ou do 'esquecimento' do nome do autor: a vontade irrefreável de espalhar conselhos e risadas entre o maior número possível de pessoas, aliada à ignorância e a um senso peculiar do que é direito autoral.

Martha Medeiros, recordista de falsas atribuições, manteve, no site *Alma Gêmea*, uma coluna de conselhos sensatos e ótimas observações sobre o comportamento de homens e mulheres. O *Alma Gêmea* tem, porém, um grave 'defeito' do ponto de vista de quem deseja fazer chegar ao mundo o que lhe parece digno de nota: só é lido por quem está lá, à procura... bem, de sua alma gêmea. O que limita muito o número de leitores em potencial.

A quantidade de textos de Martha escritos para o *Alma Gêmea* que circulam até hoje sem autoria, ou atribuídos a outros autores, é enorme. É como se a sua origem — um site de relacionamentos — diminuísse, de alguma forma, o valor das palavras. Neste caso é curioso observar que, pelo menos até agora, não apareceram falsos Verissimos baseados nas crônicas que a autora publica, semanalmente, na *Revista do Globo*.

Rosana Hermann, brilhante profissional de comunicação, é outra vítima constante dos preconceitos que ainda existem contra a internet — inexplicáveis, sobretudo, ao levarmos em conta que é nela que os apócrifos circulam. Alguns de seus textos roubados foram publicados no site *HumorTadela*, outros no seu *Querido Leitor*, um dos blogs mais lidos do país — carentes ambos, porém, do lastro da palavra impressa.

Ao contrário de tantos autores que jogaram a toalha diante da onda irreversível das falsas atribuições, Rosana não deixa no barato. É uma lutadora incansável, uma das mais tenazes defensoras dos seus direitos:

'Eu sei que a cópia é um elogio silencioso, que ser alvo de problemas é sinal de sucesso', escreveu no site *HumorTadela* em março de 2004, num contundente desabafo diante de mais um texto roubado. 'Mas tem gente que merecia ter as orelhas fatiadas com tomate seco e servidas em torradinhas de coquetel. Como é que alguém pega um texto que você escreveu, elaborou, seja ele bom ou ruim, tira o seu nome que assina a coluna no final e, simplesmente, passa adiante sem crédito e publica dizendo que é de autor 'desconhecido'? Olha, se é por falta de 'conhecimento', muito prazer!

'Do que eu estou falando? De um blog do terra do tipo 'eu odeio', que copiou de cabo a rabo, da nuca ao calcanhar, a coluna sobre a Solange, chamada 'Minha inguinorância é pobrema meu'. Primeiro que, pra pegar numa coisa íntima que é sua, primeiro precisa pedir se você deixa e, depois, no mínimo, tem que lavar a mão e botar seu nome.

'Não sou um caso isolado, claro, milhões de pessoas são roubadas e chupadas em suas criações, se bem que muita gente que é chupada acaba gostando. Mas só copia quem não cria, quem não sabe o trabalho que dá. O povo que faz charges, piadas com imagens, escreve o endereço, bota nome no Photoshop, tentando evitar que os ladrões de idéia publiquem suas criações sem crédito.'

Ao dizer que 'só copia quem não cria, quem não sabe o trabalho que dá', Rosana esbarra, sem querer, no que, para mim, é o maior mistério que cerca os apócrifos na internet: o dos falsários anônimos, bizarros indivíduos que não só se dão ao trabalho de escrever, como, ainda por cima, fazem o que podem (e, especialmente, o que não podem) para imitar o estilo dos seus ídolos.

Eles criam, sim, e sabem o trabalho que dá; mas aqui a coisa se complica, porque não estamos mais falando da omissão do nome do autor, ou da substituição de um nome menos conhecido pelo de um campeão de popularidade, mas sim de algo que alguém gostaria que Fulano ou Beltrano tivessem escrito.

Este desejo é tão forte que se sobrepõe ao instinto que habitualmente faz com que os autores tanto zelem pelo que produzem; os verdadeiros escritores destes textos deliberadamente se anulam, conscientes do vácuo em que cairiam suas idéias, e pegam emprestado um nome famoso. Em geral – como é que vocês adivinharam? – o do Luis Fernando Verissimo.

A essa altura, claro, ele já está mais ou menos conformado com a glória altamente duvidosa de ser o não-autor de maior circulação na rede. Ainda assim, para evitar mal-entendidos e confusões maiores do que as que já lhe causaram os apócrifos na internet, tratou de, sabiamente, pôr os pingos nos ii. Isso foi há muito tempo, nos idos de 2002; não adiantou nada, é lógico, mas pelo menos valeu como tentativa:

'Que fique estabelecido, portanto, que qualquer texto mal escrito, ou bem escrito mas controvertido, ou incoerente, bobo, nada a ver, pretensioso, metido a besta, pseudolírico, pseudoqualquer coisa, pseudopseudo, ou que de alguma forma possa dar cadeia ou problemas com autoridades, goianos ou outros grupos, com a minha assinatura, na internet ou fora dela, não é meu. Todos os outros — inclusive alguns com outras assinaturas, até prova em contrário — são meus.'

Podem ir na fé, este é dele mesmo. Tenho quase certeza.

Como é que a gente vai resolver esta barafunda, separar o joio do trigo e dar a César (e Verissimo e Martha e Jabor) o que é de César (e Verissimo e Sophia e Millôr)?

Muito simples: não vai. O meio-de-campo da internet está tão embolado, e os apócrifos se espalham com tal velocidade, que qualquer tentativa de descobrir ou estabelecer autorias é, praticamente, uma batalha perdida.

A idéia deste livro não é restaurar a ordem no caos ou restabelecer a verdade dos fatos, mas apenas fazer um instantâneo de um certo momento da nossa vida online. Aqui estão alguns dos apócrifos mais populares da rede, com as atribuições de autoria falsas e, quando foi possível descobri-las, também com as verdadeiras.

Se você souber quem está por trás do Autor Desconhecido que assina tantos textos nestas páginas, por favor entre em contato conosco pelo blog <http://www.livrocaiunarede.com.br> ou mandando um email para cairnarede@gmail.com.

O melhor serviço que se pode prestar aos autores de quem se gosta, porém, é nunca, jamais, em hipótese alguma, passar adiante textos a respeito de cuja autoria não se tenha certeza.

A internet, berço de tanta confusão, é, também, um excelente local para tirar dúvidas. Há inúmeras pessoas de boa vontade trabalhando como autênticos detetives literários, separando os verdadeiros poemas de Mário Quintana das vastas emoções e pensamentos imperfeitos que compõem o spam nosso de cada dia.

Entre outros, fiquem atentos ao excepcional trabalho de Betty Vidigal no *Jornal do Escritor*, da UBE; ao ótimo blog *Autor Desconhecido* <http://www.autordesconhecido.blogger.com.br>, que Vanessa Lampert criou com a expressa finalidade de provar que o autor desconhecido não existe; e ao Orkut, obviamente, onde a comunidade 'Afinal, quem é o autor?' já conta com quase 350 participantes empenhados em fazer justiça com as próprias letras.

‡‡‡

'NEM FODENDO!'
E OUTRAS CONSIDERAÇÕES LINGÜÍSTICAS SOBRE A ÚLTIMA FLOR DO LÁCIO

NO PRINCÍPIO, ERA O VERBO; em muitos spams, também. A palavra, e o seu mau uso, são temas recorrentes dos apócrifos. Mas quando se tenta justificar o uso de palavrões ou filosofar a respeito dos recursos limitados do vocabulário de adolescentes e celebridades da TV, não basta encontrar um bom texto; é preciso também encontrar um autor de peso, que empreste sua credibilidade ao recado. Na internet, mais do que em qualquer outro lugar, o meio é a mensagem: assim, 'um texto do Millôr na internet' acaba virando um texto do Millôr, e pronto. Ainda que o verdadeiro autor seja desconhecido...

----- **O direito ao palavrão** -----
DE: ‹Autor Desconhecido›
ATRIBUÍDO A: ‹Millôr Fernandes›

Os palavrões não nasceram por acaso. São recursos extremamente válidos e criativos para prover nosso vocabulário de expressões que traduzem com a maior fidelidade nossos mais fortes e genuínos sentimentos. É o povo fazendo sua língua.

'Pra caralho', por exemplo. Qual expressão traduz melhor a idéia de muita quantidade do que 'Pra caralho'? 'Pra caralho' tende ao infinito, é quase uma expressão matemática. A Via Láctea tem estrelas pra caralho, o Sol é quente pra caralho, o universo é antigo pra caralho, eu gosto de cerveja pra caralho, entende?

No gênero do 'Pra caralho', mas, no caso, expressando a mais absoluta negação, está o famoso 'Nem fodendo!'. O 'Não, não e não!' e o nada eficaz e já sem nenhuma credibilidade 'Não, absolutamente não!' de modo algum o substituem. O 'Nem fodendo' é irretorquível, e liquida o assunto. Te libera, com a consciência tranqüila, para outras atividades de maior interesse em sua vida. Aquele filho pentelho de 17 anos te atormenta pedindo o carro pra ir surfar no litoral? Não perca tempo nem paciência. Solte logo um definitivo 'Marquinhos, presta atenção, filho querido: NEM FODENDO!'. O impertinente se manca na hora e vai pro shopping se encontrar com a turma numa boa e você fecha os olhos e volta a curtir o CD do Lupicínio.

Por sua vez, o 'Porra nenhuma!' atendeu tão plenamente às situações em que nosso ego exigia não só a definição de uma negação, mas também o justo escárnio contra descarados blefes, que hoje é totalmente impossível imaginar que possamos viver sem ele em nosso cotidiano profissional. Como comentar a bravata daquele chefe idiota senão com um 'é Ph.D. porra nenhuma!', ou 'ele redigiu aquele relatório sozinho porra nenhuma!'. O 'Porra nenhuma!', como vocês podem ver, nos prové sensações de incrível bem estar interior. É como se estivéssemos fazendo a tardia e justa denúncia pública de um canalha. São dessa mesma gênese os clássicos 'aspone', 'chepone', 'repone' e, mais recentemente, o 'prepone' — presidente de porra nenhuma.

Há outros palavrões igualmente clássicos. Pense na sonoridade de um 'Puta-que-pariu!', ou seu correlato 'Puta-que-o-pariu!', falados assim, cadenciadamente, sílaba por sílaba... Diante de uma notícia irritante qualquer um 'Puta-que-o-pariu!' dito assim te coloca outra vez em seu eixo. Seus neurônios têm o devido tempo e clima para se reorganizar e sacar a atitude que lhe permitirá dar um merecido troco ou o safar de maiores dores de cabeça.

E o que dizer de nosso famoso 'Vai tomar no cu!'? E sua maravilhosa e reforçadora derivação 'Vai tomar no olho do seu cu!'. Você já imaginou o bem que alguém faz a si próprio e aos seus quando, passado o limite do suportável, se dirige ao canalha de seu interlocutor e solta: 'Chega! Vai tomar no olho do seu cu!' Pronto, você retomou as rédeas de sua vida, sua auto-estima. Desabotoa a camisa e saia à rua, vento batendo na face, olhar firme, cabeça erguida, um delicioso sorriso de vitória e renovado amor-íntimo nos lábios.

E seria tremendamente injusto não registrar aqui a expressão de maior poder de definição do português vulgar: 'Fodeu!' E sua derivação mais avassaladora ainda: 'Fodeu de vez!' Você conhece definição mais exata, pungente e arrasadora para uma situação que atingiu o grau máximo imaginável de ameaçadora complicação? Expressão, inclusive, que uma vez proferida insere seu autor em todo um providencial contexto interior de alerta e autodefesa.

Algo assim como quando você está dirigindo bêbado, sem documentos do carro e sem carteira de habilitação e ouve uma sirene de polícia atrás de você mandando você parar: O que você fala? 'Fodeu de vez!'

Sem contar que o nível de stress de uma pessoa é inversamente proporcional à quantidade de 'Foda-se!' que ela fala. Existe algo mais libertário do que o conceito do 'Foda-se!'? O 'Foda-se!' aumenta minha auto-estima, me torna uma pessoa melhor. Reorganiza as coisas. Me liberta. 'Não quer sair comigo? Então foda-se!' 'Vai querer decidir essa merda sozinho(a) mesmo? Então foda-se!'

O direito ao 'Foda-se!' deveria estar assegurado na Constituição Federal. Liberdade, Igualdade, Fraternidade e FODA-SE.'

⁂

----- **Minha inguinorância é pobrema meu** -----
    DE: ‹Rosana Hermann›
    ATRIBUÍDO A: ‹Luis Fernando Verissimo›
    Nota: texto comentado em crônica pela própria Rosana (página 151)

Minha Santa Gramática das Últimas Concordâncias! Meu Santo Aurélio da Ordem Alfabética! Herrar é umano, ninguém é per-feito, cultura não é inteligência, ninguém tem culpa de não ter formação cultural num país que só tem Juiz Lalau, mas... o que é essa santa inguinorância da Solange do Big Brother Brasil de Quatro??? Gente, eu temo pela vida dessa moça! Se ela entrar no Zoológico de São Paulo, corre o risco de ser envenenada! De onde ela veio? Do Poço das Antas? Sai Capeta!!!

Não vou nem entrar em detalhes da edição de ontem que mostrou a grande final da 1ª Mar-anta-tona de Asneiras Estratosféricas, com Cida e Solange competindo de pau-a-pau nos quesitos 'brócos' e 'personal trem'. A gente sabemos (!) que elas têm origem humilde e que, se tivessem tido oportunidade, tudo seria diferente. Mas assim como o pior cego é aquele que não quer ver, o pior burro é aquele que não quer aprender! Solange QUER ficar na santa inguinorância, quer ser burra, faz questão (!) de se manter porquinha!

A Solange é o tipo de pessoa que vai no aeroporto pra dar milho pra avião. Ela acredita piamente que, quando sobe, o avião degola, e, quando desce, aterroriza! Pra ela, prédio moderno é aquele que tem garagem mediterrânea, luz de spock, sistema de esquecimento central e playboy pra criança brincar. Tenho certeza que ela não gosta de casa germinada onde as paredes estão cheias de humildade e nem aceita dormir em cama boliche!

Ela é do tipo que mata dois coelhos com uma caixa d'água e não põe a mãe no fogo por ninguém! E tem mais: garanto que ela nunca aprendeu português porque acha que a matéria é um bife de sete cabeças! Um dia eu posso até fazer uma meia-culpa por falar tudo isso da moça, já que a ignorância é uma questão de forno íntimo, mas eu acho que ela está indo com muita sede ao poste!!! De qualquer forma, ela não me respira confiança! A ignorância da moça é tão genuína que deveria ser tombada pelo Patrimônio Histórico! (Já a Marcela deveria ser tombada pelo patrimônio... histérico!)

Aliás, nesta edição que está fadada (pra não dizer mordida...) a ter uma mulher como vencedora, estamos totalmente mal representadas. Além da turma das superpobrinhas de espírito, há várias suspeitas sobre a conduta das moças mais bem-afortunadas. Várias matérias já insinuaram que, se uma delas for morar na Índia, vai ser considerada uma criatura sagrada! Pegou? Pegou? Então larga que tá doendo!

Mas a vida é como circuito elétrico: sempre tem um lado positivo. E, neste caso, o lado positivo é que um dia o programa acaba, a Solange ladra, as caravanas passam e a gente nunca mais vai ter que assistir em horário nobre alguém dizer 'Jack, o Estuprador' sem saber que está num programa de humor!!

Agora, com licença, que eu tenho que me recompor, de tanto rir desta participante que tem mais sorte do que juiz!
Já ri tanto que depilei o fígado!

‡‡‡

----- **Tipo assim** -----
    DE: ‹Kledir Ramil›
    ATRIBUÍDO A: ‹Luis Fernando Verissimo›

Um dia desses, às duas da manhã, peguei o carro e fui buscar minha filha adolescente na saída do show do Charlie Brown Jr. Ela e as amigas estavam eufóricas e eu ali, meio dormindo, meio de pijama, tentei entrar na conversa: 'E aí, o show foi legal?' A resposta veio de uma mais exaltada do banco de trás: 'Cara! Tipo assim, foda!' E a outra emendou: 'Tipo foda mesmo!' Fiquei tipo assim calado o resto do percurso, cumprindo minha função de motorista.

Tô precisando conversar um pouco mais com minha filha, senão daqui a pouco vamos precisar de tradução simultânea. Pra piorar ainda mais, inventaram o ICQ, essa praga da internet onde elas ficam horas e horas escrevendo abobrinhas umas pras outras, em código secreto. Tipo assim: 'kct! vc tmb nunk tah trank, kra. Eh d+, sl. T+ Bjoks. Jubys.' Em português: 'Cacete! Você também nunca está tranqüila, cara. É demais, sei lá. Até mais, beijocas. Jubys.' Jubys, que deve ser pronunciado 'diúbis', é isso mesmo que você está imaginando, a assinatura. Só que o nome de batismo é Júlia, um nome bonito, cujo significado é 'cheia de juventude', que eu e minha mulher escolhemos, sentados na varanda, olhando a lua. Pois Jubys é hoje essa personagem de cabelo cor de abóbora, cheia de furos na orelha que quer encher o corpo de piercings e tatuagem. Tô ficando velho!

Outro dia tentei explicar pro mesmo bando de adolescentes o que era uma máquina de escrever. Nunca viram uma. A melhor definição que consegui foi 'é tipo assim um computador que vai imprimindo enquanto você digita'. Acho que não entenderam nada. Eu sou do tempo do mimeógrafo. Pra quem não sabe, é uma máquina que você coloca álcool e dá manivela pra imprimir o que está na folha matriz. Por sua vez, essa matriz precisa ser datilografada (ver 'datilografia' no dicionário) na tal máquina de escrever, sem a fita (o que faz com que você só descubra os erros depois do trabalho feito), com o papel-carbono invertido. Enfim, procure na internet, que deve haver algum site sobre mimeógrafo, papel-carbono, essas coisas. Se eu ficar explicando cada vocábulo descontinuado, não vou conseguir acompanhar meu próprio raciocínio.

Voltando às garotas, a cultura cinematográfica delas varia entre a 'obra' de Brad Pitt e a de Leonardo di Caprio. Há anos tento convencê-las a ver *Cantando na Chuva*, mas sempre fica para depois. Um dia, cheguei entusiasmado em casa com a fita de um filme francês que marcou minha infância: *A guerra dos botões*. Juntei toda a família para a exibição solene e a coisa não durou nem cinco minutos. O guri foi jogar bola, Jubys inventou 'um trabalho de história sobre a civilização greco-romana que tem que entregar tipo assim até amanhã senão perde ponto', e até minha mulher, de quem eu esperava um mínimo de solidariedade, se lembrou que tinha um compromisso com hora marcada e se mandou. Fiquei ali, assistindo sozinho e lembrando do tempo em que eu trocava gibi na porta do Capitólio.

Uma amiga me contou que o filho de dez anos ficou espantado quando viu um telefone de discar. Sabe telefone de discar? É tipo assim um aparelho sem teclas, geralmente preto, com um disco no meio, todo furado, onde cada furo corresponde a um algarismo. Você enfia o dedo indicador no buraco correspondente ao número que precisa registrar, gira o negócio até uma meia-lua de metal e solta a roleta, que lá por dentro está presa a uma mola e faz ela voltar à sua posição inicial. Esse aparelho serve para conversar com outra pessoa como qualquer telefone comum, desde que esteja, é claro, conectado na parede.

Eu sou do tempo em que vidro de carro fechava com maçaneta. E o Fusca tinha estribo e quebra vento. Não espalha, mas eu andei de Simca Chambord, de DKW, Gordini, Aero Willis e até de Romiseta. Não dá pra explicar aqui o que era uma Romiseta, só vou dizer que era tipo assim um veículo automotivo, com três rodas, em que a gente entrava pela frente e a direção era grudada na porta. Procure na internet, deve haver um site.

Tá bom, tá bom, confesso mais. Usei Camisa Volta ao Mundo, casaquinho de Banlon, assisti à Jovem Guarda, ao *Direito de Nascer*, mas é mentira essa história de que meu primeiro disco gravado foi em 78 rotações. Há pouco tempo, João, meu filho de oito anos, pegou um LP e ficou fascinado. Botei pra tocar e mostrei a agulha rodando dentro do sulco do vinil. Expliquei que aquele atrito gerava o som que estávamos escutando mas aí ele já estava jogando o *Pokemon Stadium* no Game Boy.

Não é que ele seja desinteressado, eu é que fiquei patinando nos detalhes. Ele até que é bastante curioso e adora ouvir as 'histórias do tempo em que eu era criança'. Quando contei que a TV, naquela época, era toda em preto e branco ele 'viajou' na idéia de que o mundo todo era em preto e branco e só de uns tempos para cá é que as coisas começaram a ganhar cores.

Acho que de certa forma ele tem razão.

Tipo assim: 'A mente que se abre a uma nova idéia jamais volta ao seu tamanho original.' (Albert Einstein)

‡‡‡

POUCA ROUPA E MUITO CHIFRE:

A ANGÚSTIA EXISTENCIAL DE QUEM PROCURA TOMADA NO MATO.

NADA INTERESSA TANTO A UM SER HUMANO quanto outro ser humano. Nada diverte tanto um ser humano quanto saber que outro ser humano passou por aflições semelhantes às suas, teve os mesmos aborrecimentos, sofre do mesmo tédio — sobretudo se o suposto colega de desgraças for um nome conhecido. Convenhamos: o que é o intestino desarranjado de um anônimo comparado ao ilustre intestino do Luis Fernando Verissimo?

Birras, quizumbas, desencontros entre homens e mulheres, saias-justas, micos. Taí um material que faz sucesso desde que o mundo é mundo.

----- **The summer is tragic!** -----
 DE: ‹Rosana Hermann›
 ATRIBUÍDO A: ‹Luis Fernando Verissimo›

Chegou o verão. E com ele também chegam os pedágios, os congestionamentos na estrada, os bichos geográficos no pé e a empregada cobrando hora extra. Verão também é sinônimo de pouca roupa e muito chifre, pouca cintura e muita gordura, pouco trabalho e muita micose. Verão é picolé de Ki-Suco no palito reciclado, é milho cozido na água da torneira, é coco verde aberto pra comer a gosminha branca. Verão é prisão de ventre de uma semana e pé inchado que não entra no tênis. Mas o principal, o ponto alto do verão é... a praia!!

Ah, como é bela a praia! Os cachorros fazem cocô e as crianças pegam pra fazer coleção. Os casais jogam frescobol e acertam a bolinha na cabeça das véias.

Os jovens de jet-ski atropelam os surfistas, que, por sua vez, miram a prancha pra abrir a cabeça dos banhistas. O verão é Brasil, é selva, é carnaval, é tribo de índio canibal. Todo mundo nu de pele vermelha. As mulheres de tanga, os homens de calção tão justo que dá até para ver o veneno da flecha e todo mundo se comendo cru.

O melhor programa pra quem vai à praia é chegar bem cedo, antes do sorveteiro, quando o sol ainda está fraco e as famílias estão chegando. É muito bonito ver aquelas pessoas carregando vinte cadeiras, três geladeiras de isopor, cinco guarda-sóis, raquete, frango, farofa, toalha, bola, balde, chapéu e prancha, acreditando que estão de férias. Em menos de cinquenta minutos, todos já estão instalados, besuntados e prontos pra enterrar a avó na areia.

E as crianças? Ah, que gracinha! Os bebês chorando de desidratação, as crianças pequenas se socando por uma conchinha do mar, os adolescentes ouvindo walkman enquanto dormem. As mulheres também têm muita diversão na praia, como buscar o filho afogado e caminhar vinte quilômetros pra encontrar o outro pé do chinelo. Já os homens ficam com as tarefas mais chatas, como perfurar um poço pra fincar o cabo do guarda-sol. É mais fácil achar petróleo do que conseguir fazer o guarda-sol ficar em pé. Mas tudo isso não conta, diante da alegria, da felicidade, da maravilha que é entrar no mar! Aquela água tão cristalina que dá pra ver os cardumes de latinha de cerveja no fundo. Aquela sensação de boiar na salmoura como um pepino em conserva.

Depois de um belo banho de mar, com o rego cheio de sal e a periquita cheia de areia, vem aquela vontade de fritar na chapa. A gente abre esteira velha, com cheiro de velório de bode, bota o chapéu, os óculos escuros e puxa um ronco bacaninha. Isso é paz, isso é amor, isso é o absurdo do calor. Mas, claro, tudo tem seu lado bom. E à noite o sol vai embora. Todo mundo volta pra casa, toma banho e deixa o sabonete cheio de areia pro próximo. O xampu acaba e a gente acaba lavando a cabeça com qualquer coisa, desde creme de barbear até desinfetante de privada. As toalhas, com aquele cheirinho de mofo que só a casa de praia oferece. Aí, uma bela macarronada pra entupir o bucho e uma dormidinha na rede pra adquirir um bom torcicolo. O dia termina com uma boa rodada de truco e uma briga em família. Todo mundo vai dormir bêbado e emburrado, babando na fronha e torcendo pra que na manhã seguinte faça aquele sol e todo mundo possa se encontrar no mesmo inferno tropical...

⹋⹋⹋

----- **Mamãe executiva** -----

DE: ‹Autor Desconhecido›
ATRIBUÍDO A: ‹Luis Fernando Verissimo›

— Acampar? De jeito nenhum! Você só tem sete anos.
— Tenho 15, mãe!
— Mas já?! Não é possível! Tem certeza?
— Absoluta. É que nos meus últimos aniversários você estava trabalhando e esqueceu de ir.
— Esqueci, não. É que caíram em dia de semana. Se tivessem feito como eu sugeri...
— Você sugeriu que mudassem o dia do meu aniversário para o primeiro domingo de maio.
— Exato. Domingo eu nunca trabalho.
— Papai contou que vocês se casaram num domingo e você trabalhou durante a cerimônia.
— Eu só assinei uns documentos enquanto o padre falava. Ele nem percebeu.
— E em vez do vovô... você entrou na igreja de braço dado com o contador!
— Claro! O balanço da firma era para o dia seguinte!
— E a lua-de-mel...
— Tá. Eu não fui. Mas mandei o boy do escritório me representando. Seu pai no começo resistiu, mas acabou aceitando.
— E quando eu nasci? Qual é a desculpa?
— Desculpa por quê? Você nasceu como qualquer criança.
— Nasci numa mesa de reuniões!
— Era uma reunião de diretoria! Não podia sair assim, só porque a bolsa estourou. E você devia se orgulhar! Foi o presidente de uma grande multinacional que fez teu parto.
— Já sei. E a secretária cortou meu cordão umbilical com o clipe.

— Não brinca.
— Fiquei traumatizado.
— Eu fiquei. Você nasceu em cima de uma papelada importante. Quase perdi o emprego...
— E quando você foi me pegar na escola pela primeira vez? A vergonha que eu passei...
— Eu só estava com medo de não te reconhecer... Não te via fazia um tempinho...
— Tive que segurar um cartaz, que nem parente desconhecido em aeroporto, escrito 'Eu sou o Thiago'.
— Thiago? Foi esse o nome que eu te dei?
— Que a moça do cartório me deu!, quando completei oito anos e consegui ir sozinho a um tabelião. Fiquei sem nome durante oito anos! Oito anos sendo chamado de pssit!!
— Pssit? Até que não é feio!
— Tudo por causa dessa porcaria do teu trabalho! Faz uma coisa. Pra provar que você quer mudar, vem acampar comigo.
— Por que nós não acampamos lá no meu escritório? Do lado do fax tem um espaço. E umas samambaias artificiais. Posso contratar algum estagiário para ficar coaxando pra gente.
— Pára de brincar. Larga tudo e vem comigo.
— Bom, se você tá insistindo tanto, eu... Então tá. Eu... tudo bem, eu vou.
— Jura? Ótimo! Você vai adorar!
— Ah, difícil pensar em programa melhor. Aquelas árvores, aqueles macacos guinchando, aquelas aranhas bacanas.
— Então está tudo certo.
— Só preciso saber, assim, de um detalhe. A respeito do mato. Uma besteira.
— O quê? Se no mato tem mosquito? Se tem cobra?
— Não. Se no mato tem tomada.

‡‡‡

----- **Na hora de cantar** -----
DE: ‹Autor Desconhecido›
ATRIBUÍDO A: ‹Arnaldo Jabor›

Na hora de cantar, todo mundo enche o peito nas boates e gandaias, levanta os braços, sorri e dispara: '...eu sou de ninguém, eu sou de todo mundo e todo mundo é meu também...' No entanto, passado o efeito da manguaça com energético, e dos beijos descompromissados, os adeptos da geração tribalista se dirigem aos consultórios terapêuticos, ou alugam os ouvidos do amigo mais próximo, e reclamam de solidão, ausência de interesse das pessoas, descaso e rejeição.

A maioria não quer ser de ninguém, mas quer que alguém seja seu. Beijar na boca é bom? Claro que é! Se manter sem compromisso, viver rodeado de amigos em baladas animadíssimas é legal? Evidente que sim. Mas por que reclamam depois? Será que os grupos tribalistas se esqueceram da velha lição ensinada no colégio, de que toda ação tem uma reação? Agir como tribalista tem conseqüências, boas e ruins, como tudo na vida. Não dá, infelizmente, para ficar somente com a cereja do bolo — beijar de língua, namorar e não ser de ninguém.

Para comer a cereja, é preciso comer o bolo todo e, nele, os ingredientes vão além do descompromisso, como: não receber o famoso telefonema no dia seguinte, não saber se está namorando mesmo depois de sair um mês com a mesma pessoa, não se importar se o outro estiver beijando outra, etc., etc., etc.

Embora já saibam namorar, os tribalistas não namoram. 'Ficar' também é coisa do passado. A palavra de ordem hoje é 'namorix'. A pessoa pode ter um, dois e até três namorix ao mesmo tempo. Dificilmente está apaixonada por seus namorix, mas gosta da companhia do outro e de manter a ilusão de que não está sozinha. Nessa nova modalidade de relacionamento, ninguém pode se queixar de nada. Caso uma das partes se ausente durante uma semana, a outra deve fingir que nada aconteceu, afinal, não estão namorando. Aliás, quando foi que se estabeleceu que namoro é sinônimo de cobrança? A nova geração prega liberdade, mas acaba tendo visões unilaterais.

Assim, como só deseja a cereja do bolo tribal, enxerga somente o lado negativo das relações mais sólidas. Desconhece a delícia de assistir a um filme debaixo das cobertas num dia chuvoso comendo pipoca com chocolate quente, o prazer de dormir junto abraçado, roçando os pés sob as cobertas, e a troca de cumplicidade, carinho e amor. Namorar é algo que vai muito além das cobranças. É cuidar do outro e ser cuidado por ele, é telefonar só para dizer boa-noite, ter uma boa companhia para ir ao cinema de mãos dadas, transar por amor, ter alguém para fazer e receber cafuné, um colo para chorar, uma mão para enxugar lágrimas, enfim, é ter alguém para amar. Já dizia o poeta que amar se aprende amando. Assim, podemos aprender a amar nos relacionando. Trocando experiências, afetos, conflitos e sensações. Não precisamos amar sob os conceitos que nos foram passados. Somos livres para optarmos.

E ser livre não é beijar na boca e não ser de ninguém. É ter coragem, ser autêntico e se permitir viver um sentimento... É arriscar, pagar para ver e correr atrás da tão sonhada felicidade. É doar e receber, é estar disponível de alma, para que as surpresas da vida possam aparecer. É compartilhar momentos de alegria e buscar tirar proveito até mesmo das coisas ruins. Ser de todo mundo, não ser de ninguém, é o mesmo que não ter ninguém também... É não ser livre para trocar e crescer... É estar fadado ao fracasso emocional e à tão temida SOLIDÃO...

'Seres humanos são anjos de uma asa só. Para voar, têm que se unir ao outro.'

‡‡‡

----- **Um dia de merda** -----
    DE: ‹Autor Desconhecido›
    ATRIBUÍDO A: ‹Luis Fernando Verissimo›
    Nota: texto comentado pelo Verissimo (página 157).

Aeroporto Santos Dumont, 15:30h. Senti um pequeno mal-estar causado por uma cólica intestinal, mas nada que uma urinada ou uma barrigada não aliviasse. Mas, atrasado para chegar ao ônibus que me levaria para o Galeão, de onde partiria o vôo para Miami, resolvi segurar as pontas. Afinal de contas, são só uns quinze minutos de busão. 'Chegando lá, tenho tempo de sobra para dar aquela mijadinha esperta, tranqüilo.' O avião só sairia às 16:30h.

Entrando no ônibus, sem sanitários, senti a primeira contração e tomei consciência de que minha gravidez fecal chegara ao nono mês e que faria um parto de cócoras assim que entrasse no banheiro do aeroporto. Virei para o meu amigo que me acompanhava e, sutil, falei: — Cara, mal posso esperar para chegar na merda do aeroporto, porque preciso largar um barro.

Nesse momento, senti um urubu beliscando minha cueca, mas botei a força de vontade para trabalhar e segurei a onda. O ônibus nem tinha começado a andar quando, para meu desespero, uma voz disse pelo alto-falante:
— Senhoras e senhores, nossa viagem entre os dois aeroportos levará em torno de uma hora, devido às obras na pista.

Aí o urubu ficou maluco, querendo sair a qualquer custo. Fiz um esforço hercúleo para segurar o trem merda que estava para chegar na estação ânus a qualquer momento. Suava em bicas.

Meu amigo percebeu e, como bom amigo que era, aproveitou para tirar um sarro. O alívio provisório veio em forma de bolhas estomacais, indicando que pelo menos por enquanto as coisas tinham se acomodado. Tentava me distrair vendo TV, mas só conseguia pensar em um banheiro, não com uma privada, mas com um vaso sanitário tão branco e tão limpo que alguém poderia botar seu almoço nele. E o papel higiênico então: branco e macio, com textura e perfume e, ops, senti um volume almofadado entre meu traseiro e o assento do ônibus e percebi, consternado, que havia cagado. Um cocô sólido e comprido, daqueles que dão orgulho de pai ao seu autor. Daqueles que dá vontade de ligar pros amigos e parentes e convidá-los a apreciar na privada. Tão perfeita obra, dava pra expor em uma bienal. Mas sem dúvida, a situação tava tensa. Olhei para o meu amigo, procurando um pouco de solidariedade, e confessei sério: — Cara, caguei.

Quando meu amigo parou de rir, uns cinco minutos depois, aconselhou-me a relaxar, pois agora estava tudo sob controle. 'Que se dane, me limpo no aeroporto', pensei. 'Pior que isso não fico.' Mal o ônibus entrou em movimento, a cólica recomeçou forte. Arregalei os olhos, segurei-me na cadeira, mas não pude evitar e, sem muita cerimônia ou anunciação, veio a segunda leva de merda. Dessa vez, como uma pasta morna. Foi merda para tudo que é lado, borrando, esquentando e melando a bunda, cueca, barra da camisa, pernas, panturrilha, calças, meias e pés. E mais uma cólica anunciando mais merda, agora líquida, das que queimam o fiofó do freguês ao sair rumo à liberdade. E depois um peido tipo bufa, que eu nem tentei segurar, afinal de contas, o que era um peidinho para quem já estava todo cagado. Já o peido seguinte, foi do tipo que pesa. E me caguei pela quarta vez.

Lembrei de um amigo que certa vez estava com tanta caganeira que resolveu botar modess na cueca, mas colocou as linhas adesivas viradas para cima e quando foi tirá-lo levou metade dos pêlos do rabo junto. Mas era tarde demais para tal artifício absorvente. Tinha menstruado tanta merda que nem uma bomba de cisterna poderia me ajudar a limpar a sujeirada. Finalmente cheguei ao aeroporto e, saindo apressado com passos curtinhos, supliquei ao meu amigo que apanhasse minha mala no bagageiro do ônibus e a levasse ao sanitário do aeroporto para que eu pudesse trocar de roupas. Corri ao banheiro e, entrando de boxe em boxe, constatei a falta de papel higiênico em todos os cinco. Olhei para cima e blasfemei: — Agora chega, né?

Entrei no último, sem papel mesmo, e tirei a roupa toda para analisar minha situação (que concluí como sendo o fundo do poço) e esperar pela minha salvação, com roupas limpinhas e cheirosinhas, e com ela uma lufada de dignidade no meu dia.

Meu amigo entrou no banheiro com pressa, tinha feito o *check-in* e ia correndo tentar segurar o vôo. Jogou por cima do boxe o cartão de embarque e uma maleta de mão e saiu antes de qualquer protesto de minha parte. Ele tinha despachado a mala com roupas. Na mala de mão só tinha um pulôver de gola 'V'. A temperatura em Miami era de aproximadamente 35 graus.

Desesperado, comecei a analisar quais de minhas roupas seriam, de algum modo, aproveitáveis. Minha cueca, joguei no lixo. A camisa era história. As calças estavam deploráveis e, assim como minhas meias, mudaram de cor tingidas pela merda. Meus sapatos estavam nota 3, numa escala de 1 a 10. Teria que improvisar. A necessidade é a mãe da invenção, então transformei uma simples privada em uma magnífica máquina de lavar. Virei a calça pelo avesso, segurei-a pela barra, e mergulhei a parte atingida na água. Comecei a dar descarga até que o grosso da merda se desprendeu.

Estava pronto para embarcar. Saí do banheiro e atravessei o aeroporto em direção ao portão de embarque, trajando sapatos sem meias, as calças do lado avesso e molhadas da cintura ao joelho (não exatamente limpas) e o pulôver gola 'V', sem camisa. Mas caminhava com a dignidade de um lorde.

Embarquei no avião, onde todos os passageiros estavam esperando 'O RAPAZ QUE ESTAVA NO BANHEIRO', e atravessei todo o corredor até o meu assento, ao lado do meu amigo, que sorria. A aeromoça se aproximou e perguntou se precisava de algo. Eu cheguei a pensar em pedir 120 toalhinhas perfumadas para disfarçar o cheiro de fossa transbordante e uma gilete para cortar os pulsos, mas decidi não pedir: — Nada, obrigado. Eu só queria esquecer este dia de merda!

‡‡‡

----- **Alguns motivos pelos quais os homens gostam tanto de mulheres!** -----
DE: ‹Autor Desconhecido›
ATRIBUÍDO A: ‹Arnaldo Jabor›

Tudo que o homem faz, tudo, é com um único objetivo: 'cumemuié.' O cara faz um esforço desgraçado para ficar rico pra quê? O sujeito quer ficar famoso pra quê? O indivíduo malha, faz exercícios pra quê? Mulher! Pode ser até a própria.

Mas a verdade é que é a mulher o objetivo do homem. O pavão também é assim. Os animais são assim. Os bichos só pensam nisto. Já as bichas, pra 'cumeomi'.

As mulheres, antigamente, ficavam trancadas dentro de casa e se tratavam e ficavam bonitas apenas para os seus homens. Aí começaram a dar liberdade pras danadas e deu no que deu. O mundo ganhou vida, além da beleza, é claro.

Pode continuar a ler, minha querida, que as barbaridades vão parar por aqui. Pode parar de me achar machista, machão ou coisa parecida. Tudo que eu quis dizer é que o homem vive em função de você. Vivem e pensam em você o dia inteiro, a vida inteira. Se você, mulher, não existisse, o mundo não teria ido pra frente. Homem algum iria fazer alguma coisa na vida para impressionar outro homem, para conquistar um sujeito igual a ele, de bigode e tudo. Um mundo só de homens seria o grande erro da criação.

Já dizia a velha frase que 'atrás de todo homem bem-sucedido existe uma grande mulher'. O dito está envelhecido. Hoje eu diria que 'na frente de todo homem bem-sucedido existe uma grande mulher'. É você, mulher, quem impulsiona o mundo. É você quem tem o poder, e não o homem. É você quem decide a compra do apartamento, a cor do carro, o filme a ser visto, o local das férias.

Bendita a hora em que você saiu da cozinha e, bem-sucedida, ficou na frente de todos os homens. E, se você que está lendo isto aqui for um homem, tente imaginar a sua vida sem nenhuma mulher. Aí na sua casa, onde você trabalha, na rua, nas telenovelas.

Só homens. Já pensou? Filmes só com homens? Romance sem uma Capitu ou uma Madame Bovary? Um casamento sem noiva? Um mundo sem cinturas e saboneteiras? Um mundo sem sogras? Enfim, um mundo sem metas.

ALGUNS MOTIVOS PELOS QUAIS OS HOMENS GOSTAM TANTO DE MULHERES:
1. O cheirinho delas é sempre gostoso, mesmo que seja só xampu.
2. O jeitinho que elas têm de sempre encontrar o lugarzinho certo em nosso ombro.
3. A facilidade com a qual cabem em nossos braços.
4. O jeito que têm de nos beijar e, de repente, fazer o mundo ficar perfeito.

5. Como são encantadoras quando comem.
6. Elas levam horas para se vestir, mas no final vale a pena.
7. Porque estão sempre quentinhas, mesmo que esteja fazendo trinta graus abaixo de zero lá fora.
8. Como sempre ficam bonitas, mesmo de jeans com camiseta e rabo-de-cavalo.
9. Aquele jeitinho sutil de pedir um elogio.
10. Como ficam lindas quando discutem.
11. O modo que têm de sempre encontrar a nossa mão.
12. O brilho nos olhos quando sorriem.
13. Ouvir a mensagem delas na secretária eletrônica logo depois de uma briga horrível.
14. O jeito que têm de dizer: 'Não vamos brigar mais, não...'
15. A ternura com que nos beijam quando lhes fazemos uma delicadeza.
16. O modo de nos beijarem quando dizemos 'eu te amo'.
17. Pensando bem, só o modo de nos beijarem já basta.
18. O modo que têm de se atirar em nossos braços quando choram.
19. O jeito de pedir desculpas por terem chorado por alguma bobagem.
20. O fato de nos darem um tapa achando que vai doer.
21. O modo com que pedem perdão quando o tapa dói mesmo (embora jamais admitamos que doeu).
22. O jeitinho de dizerem 'estou com saudades'.
23. As saudades que sentimos delas.
24. A maneira que suas lágrimas têm de nos fazer querer mudar o mundo para que mais nada lhes cause dor.

‡‡‡

----- **Mulheres empresárias** -----
DE: ‹Autor Desconhecido›
ATRIBUÍDO A: ‹Luis Fernando Verissimo; Arnaldo Jabor›

Você, homem da atualidade, vem se surpreendendo diuturnamente com o 'nível' intelectual, cultural e, principalmente, 'liberal' de sua mulher, namorada, etc... Às vezes sequer sabe como agir, e lá no fundinho tem

aquele medo de ser traído ou, nos termos usuais, 'corneado'.
Saiba de uma coisa: esse risco é iminente, a probabilidade disso acontecer é muito grande, e só cabe a você, e a ninguém mais, evitar que isso aconteça — ou, então, assumir seu 'chifre' em alto e bom som.

Você deve estar perguntando por que eu gastaria meu precioso tempo falando sobre isso. Entretanto, a aflição masculina diante da traição vem me chamando a atenção já há tempos. Mas o que seria uma 'mulher moderna': em princípio, seria aquela que se ama acima de tudo, que não perde (e nem tem) tempo com/para futilidades, é aquela que trabalha porque acha que o trabalho engrandece, que é independente sentimentalmente dos outros, que é corajosa, companheira, confidente, amante... é aquela que às vezes tem uma crise súbita de ciúmes, mas que não tem vergonha nenhuma em admitir que está errada e correr pros seus braços... é aquela que consegue ao mesmo tempo ser forte e meiga, desarrumada e linda... enfim, a mulher moderna é aquela que não tem medo de nada, nem de ninguém, olha a vida de frente, fala o que pensa e o que sente, doa a quem doer...

Assim, após um processo 'investigatório' junto a essas 'mulheres modernas', pude constatar o pior. VOCÊ SERÁ (OU É???) 'corno', a menos que:
• Nunca deixe uma "mulher moderna" insegura. Antigamente elas choravam. Hoje, elas simplesmente traem, sem dó nem piedade.
• Não ache que ela tem poderes 'adivinhatórios'. Ela tem de saber — da sua boca — o quanto você gosta dela. Qualquer dúvida neste sentido poderá levar às conseqüências expostas acima.
• Não ache que é normal sair com os amigos (seja pra beber, pra jogar futebol...) duas vezes por semana, três vezes então é assinar atestado de 'chifrudo'. As 'mulheres modernas' dificilmente andam implicando com isso, entretanto elas são categoricamente 'cheias de amor pra dar' e precisam da 'presença masculina'. Se não for a sua, meu amigo... bem...
• Quando disse que vai ligar, ligue, senão o risco de ela ligar pra aquele ex bom de cama é grandessíssimo.
• Satisfaça-a sexualmente. Mas não finja satisfazê-la. As 'mulheres modernas' têm um pique absurdo com relação ao sexo e, principalmente dos 20 aos 38 anos, elas pensam — e querem — fazer sexo TODOS OS DIAS

(pasmem, mas é a pura verdade)... bom, nem precisa dizer que, se não for com você...

- Dê atenção a ela. Mas, principalmente, faça com que ela perceba isso. Garanhões mal- (ou bem-) intencionados sempre existem, e esses, quando querem, são peritos em levar uma mulher às nuvens. Então, leve-a você, afinal, ela é sua ou não é????
- Nem pense em provocar 'ciuminhos' vãos. Como pude constatar, mulher insegura é uma máquina colocadora de chifres.
- Em hipótese alguma deixe-a desconfiar do fato de você estar saindo com outra. Essa mera suposição da parte delas dá ensejo a um 'chifre' tão estrondoso que, quando você acordar, meu amigo, já existirá alguém MUITO MAIS 'comedor' do que você... só que o prato principal, bem... dessa vez é a SUA mulher.
- Sabe aquele bonitão que, você sabe, sairia com sua mulher a qualquer hora. Bem... de repente a recíproca também pode ser verdadeira. Basta ela, só por um segundo, achar que você merece... Quando você reparar... já foi.
- Tente estar menos 'cansado'. A 'mulher moderna' também trabalhou o dia inteiro e, provavelmente, ainda tem fôlego para — como diziam os homens de antigamente — 'dar uma', para depois virar do lado e simplesmente dormir.
- Volte a fazer coisas do começo da relação. Se quando começaram a sair viviam se cruzando em 'baladas', 'se pegando' em lugares inusitados, trocavam emails ou telefonemas picantes, a chance de ela gostar disso é muito grande, e a de sentir falta disso, então, é imensa. A 'mulher moderna' não pode sentir falta dessas coisas... senão...

Bem, amigos, aplica-se, finalmente, o tão famoso jargão 'quem não dá assistência, abre concorrência'. Deste modo, se você está ao lado de uma mulher de quem realmente gosta e tem plena consciência de que, atualmente, o mercado não está pra peixe (falemos de qualidade), pense bem antes de dar alguma dessas 'mancadas'... proteja-a, ame-a, e, principalmente, faça-a saber disso. Ela vai pensar milhões de vezes antes de dar bola pra aquele 'bonitão' que vive enchendo-a de olhares... e vai continuar, sem dúvidas, olhando só pra você!!!

----- **Um dia de modess** -----
DE: ‹Rolinha (Alexandre Rossi)›
ATRIBUÍDO A: ‹Luis Fernando Verissimo›

Passei por duras provas para conseguir meu diploma na escola da vida. Mas para entender as mulheres é preciso um estágio. Nesse quesito, eu sou um entusiasta da Filosofia Gelol: 'Não basta ter pau, tem que participar!' Por isso, aceitei o desafio de passar um dia com um modess na cueca.

A primeira menção do assunto modess me causa uma vontade de gargalhar irracional. Em seguida, me vem a imagem de um absorvente usado, como um mata-borrão ensangüentado, e um frio agudo me percorre a espinha, culminando com uma ânsia na garganta. Um modess sujo é um pesadelo. Pois eu resolvi que já era hora de encarar esse trauma de forma mais íntima.

O primeiro passo foi comprar a pequena fralda na farmácia. Isso foi fácil. Na verdade, foi até divertido. Fiquei torcendo pra mulher do caixa perguntar: — É pra sua namorada? — Para eu responder bem 'casual': — Não. É pra mim!

Só que ninguém nem tchuns, o que prova que as meninas ficam constrangidas à toa. Na verdade, menstruar é uma parada normal, acontece nas melhores famílias.

Comprei um não-sei-o-quê 'mini'. Não ligo pra grifes, ainda mais de modess. Mas nesse caso, o que importava era o tamanho. E era mini. Porque, se é pra eu fazer esse papel de usuário de absorventes, pelo menos que eu não passe por arrombado.

E a diferença de bitola entre o mini e super, significativa, o que me fez pensar sobre como algumas mulheres são maiores que as outras… bom. Comprei também um tablete Valda pra dar uma dechavada básica e fui pra casa realizar o sacrifício que me tornaria um membro da classe masculina mais compreensivo com o sexo oposto. Chegando em casa, fui tentar abrir o pacote. Impulsivo por natureza, o homem não se dá ao trabalho de procurar linhas pontilhadas e, assim sendo, comecei abrindo errado. A abertura na horizontal tem um porquê. Adapta-se melhor à bolsa e deixa o absorvente mais à mão, no caso de uma enxurrada inesperada. Mas eu ignorei, pois não uso bolsa.

Ao retirar a peça do invólucro, você tem que descolar uma abinha para grudar na roupa íntima. Se a menstruação em si não lhe deixar 'incomodada', essa almofada intrusa no seu chakra genital com certeza vai. Calculei para que o centro do modess ficasse na altura da 'terra de ninguém', de forma que ele não invadisse o território peniano. O saco reclamou um pouco, já que não se tratava de uma cueca duplex com teto solar. Um pouco de paciência e um pequeno remanejamento espacial, e tudo estava resolvido.

A primeira coisa que se pensa ao compor o modelão usando absorventes externos é: 'Será que está marcando?' Por isso, é essencial que você faça tudo com a companhia de um aliado. Assim, você vai poder contar com um correspondente nos países baixos, que vai lhe avisar caso o modess cisme em querer se destacar na sua bunda.

Ao sair de casa, fingi que não tinha um objeto parasitário ultrajando a minha intimidade. Mas parece que está piscando um outdoor na sua testa avisando 'tô de chico'. E eu nem tava! Até encontrar seu aliado(a), é sempre bom dar uma conferida nos reflexos que você encontrar pelo caminho, como espelhos e vitrines, pra ver se 'está marcando'. Foda-se a queda na Bolsa de Tóquio ou a reforma ministerial. O que importa é que ninguém perceba que você está naqueles dias. E a preocupação é uma constante. Não dá pra esquecer que seu fundilho está acolchoado.

Ao final de minha jornada, foi um alívio tirar o cuecão e zunir o modess no lixo. Claro que eu tive o cuidado de dobrá-lo e escondê-lo no canto do lixo, antes envolvendo com muito papel higiênico para que ninguém se deparasse com aquele objeto indesejável depois do almoço. Daí eu entendi por que às vezes tem um montinho de papel enrolado num canto da cestinha do banheiro. Iuch!

Se eu tivesse que usar isso a cada ciclo, ia ter uma crise pré-menstrual que ia durar uns trinta dias por mês. E as mulheres nem ganham adicional por insalubridade.

----- **Pedido de amigo** -----
DE: ‹Jacob Miguel El-Mokdisi›
ATRIBUÍDO A: ‹Luis Fernando Verissimo›

Vinte anos. Ah, os vinte anos. De casados, claro!!! Casamos novos. Ela com 19 e eu com 20 anos de idade. Lua-de-mel, viagens, mobílias na casa alugada, prestações da casa própria e primeiro bebê. Anos oitenta e a moda era ter uma filmadora do Paraguai. Sempre tinha um vizinho ou amigo contrabandista disposto a trazer aquela muambazinha por um preço módico.

Ela tinha vergonha, mas eu desejava eternizar aquele momento. Irrompi na sala de partos com a câmera no ombro e chorei enquanto filmava o parto do meu primeiro filho. Todo mundo que chegava lá em casa era obrigado a assistir ao filme. Perdi a conta das cópias que fiz do parto e distribuí entre amigos, parentes e parentes dos amigos. Meu filho e minha esposa eram o meu orgulho.

Três anos depois, novo parto, nova filmagem, nova crise de choro. Como ela categoricamente disse que não queria que eu filmasse, invadi a sala de partos mais uma vez com a câmera ao ombro. As pessoas que me conhecem sabem que havia apenas amor de pai e marido naquele ato. O fato de fazer diversas cópias da fita era apenas uma demonstração de meu orgulho. Nada que se comparasse ao fato de ela, essa semana, invadir a sala do meu proctologista, câmera ao ombro, filmando o meu exame de próstata. Eu lá, com as pernas naquelas malditas braçadeiras, o cara com um dedo (ele jura que era só um!) quase na minha garganta, e a mulher gritando: — Ah doutor! Que maravilha! Vou fazer duas mil cópias dessa fita! Semana que vem estou enviando uma para o senhor!

Meus olhos saindo das órbitas a fuzilaram, mas a dor era tanta que não conseguia falar. O miserável do médico girou o dedo e eu vi o teto a dois centímetros do meu nariz. A mulher continuou a gritar, como um diretor de cinema: — Isso, doutor! Agora gire de novo, mais devagar. Vou dar um close agora...

Alcancei um sapato na mesa e joguei na maldita. Agora, estou escrevendo este email, pedindo aos amigos que receberem uma cópia do filme que o enviem de volta para mim. Eu pago o reembolso.

‡‡‡

----- **Orgasmo trifásico** -----
    DE: ‹Autor Desconhecido›
    ATRIBUÍDO A: ‹Millôr Fernandes›

Orgasmo feminino é coisa da qual as mulheres entendem muito pouco, e os homens, muito menos. Pelo fato de ser uma reação endócrina que se dá sem expelir nada, não apresenta nenhuma prova evidente de que aconteceu ou se foi simulado.

Orgasmo masculino não! É aquela coisa que todo mundo vê. Deixa o maior flagrante por onde passa.

Diante desse mistério, as investigações continuam e muitas pesquisas são feitas e centenas de livros escritos para esclarecer este gostoso e excitante assunto.

Acompanho de perto, aliás, juntinho, este latejante tema. Vi, outro dia, no programa do Jô Soares, uma sexóloga sergipana dando uma entrevista sobre orgasmo feminino. A mulher, que mais parecia a gerente comercial da Walita, falava do corpo como quem apresenta o desempenho de uma nova cafeteira doméstica.

Apresentou uma pesquisa que foi feita nos Estados Unidos para medir a descarga elétrica emitida pela 'periquita' na hora do orgasmo, e chegou à incrível conclusão de que, na hora 'H', a 'perseguida' dispara uma descarga de 250 mil microvolts. Ou seja, cinco 'pererecas' juntas ligadas na hora do 'aimeudeus!' seriam suficientes para acender uma lâmpada. Uma dúzia, então, é capaz de dar partida num Fusca com a bateria arriada. Uma amiga me contou que está treinando para carregar a bateria do telefone celular. Disse que gozou e, tchan!, carregou.

É preciso ter cuidado, porque isso não é mais 'xibiu', é torradeira elétrica! E se der um curto-circuito na hora de 'virar o zoinho', além de vesgo, a gente sai com mal de Parkinson e com a lingüiça torrada.

Pensei: camisinha agora é pouco, tem de mandar encapar na Pirelli ou enrolar com fita isolante. E na hora 'H', não tire o tênis nem pise no chão molhado... Pode ser pior! É recomendável, meu amigo, na hora que você for molhar o seu 'biscoito' lá na canequinha de sua namorada, perguntar: é 110 ou 220 volts? Se não, meu xará, depois do que essa moça falou lá no Jô, pode dar 'ovo frito no café da manhã'.

Esse país não melhora por absoluta falta de criatividade...
São as mulheres a solução contra o apagão.

‡‡‡

----- **Quem não tem namorado** -----
    DE: ‹Artur da Távola›
    ATRIBUÍDO A: ‹Carlos Drummond de Andrade›
    Nota: na internet, este texto aparece em versos, com muitas modificações, atribuído a Drummond.

Quem não tem namorado tirou férias do melhor de si mesmo. Namorado é a mais difícil das conquistas. Necessita de adivinhação, pele, saliva, lágrimas, nuvem, quindim, brisa ou filosofia.

Paquera, gabiru, flerte, caso, transa, envolvimento, até paixão é fácil. Namorado é mais difícil porque não precisa ser o mais bonito e sim quem se quer proteger, mas, quando chega, a gente treme, basta um olhar de compreensão ou mesmo de aflição. Quem tem três pretendentes, dois paqueras, um envolvimento e dois amantes, mesmo assim pode não ter um namorado.

Quem não tem namorado não é quem não tem amor: é quem não sabe o gosto de namorar.

Não tem namorado quem não sabe o gosto de chuva, sessão das duas, medo do pai, sanduíche de padaria ou drible no trabalho.

Não tem namorado quem transa sem carinho e se acaricia sem vontade de virar sorvete ou lagartixa, quem ama sem alegria.

Não tem namorado quem faz pactos de amor apenas com a infelicidade. Namorar é fazer pactos com a felicidade, ainda que rápida, escondida, fugidia ou impossível de durar.

Não tem namorado quem não sabe o valor de olhar encabulado, de carinho escondido ou flor catada no muro e entregue de repente; de gargalhada, quando fala ao mesmo tempo ou descobre a meia rasgada; de ânsia enorme de viajar para a Escócia ou mesmo metrô, bonde, nuvem, cavalo alado, tapete mágico, bugre, foguete interplanetário ou carrossel de parque suburbano.

Não tem namorado quem não gosta de dormir agarrado, fazer sesta abraçado, comprar roupa juntos.

Não tem namorado quem não gosta de falar do próprio amor e de ficar horas olhando o outro, abobalhado de lucidez.

Não tem namorado quem não redescobre a criança e vai com ela ao parque, fliperama, beira d'água, show de Milton Nascimento, bosque enluarado, ruas de sonho ou soltar pipa e passarinho da gaiola.

Não tem namorado quem não tem música secreta, não dedica livros, não recorta artigos e não se chateia com o fato de seu bem ser paquerado.

Não tem namorado quem ama sem gostar; quem gosta sem curtir; quem curte sem aprofundar; quem não passa ou recebe trote.

Não tem namorado quem nunca sentiu o gosto de ser lembrado de repente no fim de semana, na madrugada ou ao meio-dia em dia de sol em plena praia cheia de rivais.

Não tem namorado quem ama sem se dedicar; quem namora sem brincar; quem vive cheio de obrigações e quem só pensa em ganhar.

Não tem namorado quem não fala sozinho, não ri de si mesmo e tem medo de mostrar que se emociona.

Se você não tem namorado porque ainda não descobriu que amar é alegre mas você pesa duzentos quilos de grilos, ponha a saia mais leve, aquela de renda de harpa, e passeie de mãos dadas com o ar.

Enfeite-se com margaridas e escove a alma com leves fricções de esperança. De alma escovada e coração estouvado, saia do quintal de si mesma e descubra o próprio jardim.

Acorde com gosto de caqui e sorria lírios para quem passar debaixo de sua janela.

Ponha intenções de quermesse em seus olhos e beba licor de conto de fadas. Ande como se o chão soasse a flauta e do céu baixasse uma névoa de borboletas, cobertas de frases sutis e palavras de galanteria.

Se você não tem namorado, é porque ainda não enlouqueceu nem cresceu aquele pouco necessário para fazer a vida parar e de repente parecer fazer sentido.

Enloucresça!...

‡‡‡

----- **A verdade sobre Romeu e Julieta** -----
    de: ‹Autor Desconhecido›
    atribuído a: ‹Luis Fernando Verissimo›

Sabem por que Romeu e Julieta são ícones do amor? São falados e lembrados, atravessaram os séculos incólumes no tempo, se instalando no mundo de hoje como casal-modelo de amor eterno?

Porque morreram e não tiveram tempo de passar pelas adversidades que os relacionamentos estão sujeitos pela vida afora. Senão provavelmente Romeu estaria hoje com a Manoela e Julieta com o Ricardão.

Romeu nunca traiu a Julieta numa balada com uma loira linda e siliconada, motivado pelo impulso do álcool. Julieta nunca ficou cinco horas seguidas esperando Romeu, fumando um cigarro atrás do outro, ligando incessantemente para o celular dele que estava desligado.

Romeu não disse para Julieta que a amava, que ela era especial e depois sumiu por semanas. Julieta não teve a oportunidade de mostrar para ele o quanto ficava insuportável na TPM.

Romeu não saía sexta-feira a noite para jogar futebol com os amigos e só voltava as seis da manhã, bêbado e com um sutiã perdido no meio da jaqueta (que não era da Julieta). Julieta não teve filhos, engordou, ficou cheia de estrias e celulite, e histérica com muita coisa para fazer.

Romeu não disse para Julieta que precisava de um tempo, que estava confuso, querendo na verdade curtir a vida, e que ainda era muito novo para se envolver definitivamente com alguém. Julieta não tinha um ex-namorado em quem ela sempre pensava, ficando por horas distante, deixando Romeu com a pulga atrás da orelha.

Romeu nunca deixou de mandar flores para Julieta no Dia dos Namorados alegando estar sem dinheiro. Julieta nunca tomou um porre fenomenal e num momento de descontrole bateu na cara do Romeu no meio de um bar lotado.

Romeu nunca duvidou da virgindade da Julieta. Julieta nunca ficou com o melhor amigo de Romeu.

Romeu nunca foi a uma despedida de solteiro com os amigos num prostíbulo. Julieta nunca teve uma crise de ciúme, achando que Romeu estava dando mole para uma amiga dela.

Romeu nunca disse para Julieta que na verdade só queria sexo e não um relacionamento sério, ela deve ter confundido as coisas. Julieta nunca cortou dois dedos de cabelo e depois teve uma crise porque Romeu não percebeu a mudança.

Romeu não tinha uma ex-mulher que infernizava a vida da Julieta. Julieta nunca disse que estava com dor de cabeça e virou para o lado e dormiu.

Romeu nunca chegou para buscar a Julieta com uma camisa xadrez horrível de manga curta e um sapato para lá de ultrapassado, deixando-a sem saber onde enfiar a cara de vergonha... Por essas e por outras que eles morreram se amando...

‡‡‡

----- **Casamento moderno** -----
    DE: ‹Autor Desconhecido›
    ATRIBUÍDO A: ‹Luis Fernando Verissimo›

— Mãe, vou casar.
— Jura, meu filho? Estou tão feliz! Quem é a moça?
— Não é moça. Vou casar com um moço. O nome dele é Murilo.
— Você falou Murilo... ou foi meu cérebro que sofreu um pequeno surto psicótico?
— Eu falei Murilo. Por quê, mãe? Tá acontecendo alguma coisa?
— Nada, não... Só minha visão que está um pouco turva. E meu coração, que talvez dê uma parada. No mais, tá tudo ótimo.
— Se você tiver algum problema em relação a isto, melhor falar logo...
— Problema? Problema nenhum. Só pensei que algum dia ia ter uma nora... Ou isso...
— Você vai ter uma nora. Só que uma nora... meio macho. Ou um genro meio fêmea. Resumindo: uma nora quase macho, tendendo a um genro quase fêmea.
— E quando eu vou conhecer o meu... a minha... o Murilo?
— Pode chamar ele de Biscoito. É o apelido.

— Tá! Biscoito... Já gostei dele. Alguém com esse apelido só pode ser uma pessoa bacana. Quando o Biscoito vem aqui?
— Por quê?
— Por nada. Só pra eu poder desacordar seu pai com antecedência.
— Você acha que o papai não vai aceitar?
— Claro que vai aceitar! Lógico que vai. Só não sei... se ele vai sobreviver... Mas isso também é uma bobagem. Ele morre sabendo que você achou sua cara-metade. E olha que espetáculo: as duas metades com bigode...
— Mãe, que besteira... hoje em dia... praticamente todos os meus amigos são gays.
— Só espero que tenha sobrado algum que não seja... pra poder apresentar pra tua irmã.
— A Bel já tá namorando.
— A Bel? Namorando? Ela não me falou nada... Quem é?
— Uma tal de Veruska.
— Como? Veruska... Ah! bom! Que susto! Pensei que você tivesse falado Veruska.
— Mãe!!!
— Tá... tá... tudo bem... Se vocês são felizes. Só fico triste porque não vou ter um neto...
— Por que não? Eu e o Biscoito queremos dois filhos. Eu vou doar os espermatozóides. E a ex-namorada do Biscoito vai doar os óvulos.
— Ex-namorada? O Biscoito tem ex-namorada?
— Quando ele era hétero. A Veruska.
— Que Veruska?
— Namorada da Bel...
— 'Peraí'. A ex-namorada do teu atual namorado... É a atual namorada da tua irmã... que é minha filha também... que se chama Bel. É isso?
— Por quê?
— Eu me perdi um pouco...
— É isso. Pois é... a Veruska doou os óvulos. E nós vamos alugar um útero.
— De quem?
— Da Bel.
— Logo da Bel? Quer dizer então... que a Bel vai gerar um filho teu e do Biscoito. Com o teu espermatozóide e com o óvulo da namorada dela, que é a

Veruska?

— Isso.

— Essa criança, de uma certa forma, vai ser tua filha, filha do Biscoito, filha da Veruska e filha da Bel.

— Em termos...

— A criança vai ter duas mães: você e o Biscoito. E dois pais: A Veruska e a Bel.

— Por aí...

— Por outro lado, a Bel... além de mãe, é tia... ou tio... porque é tua irmã.

— Exato. E ano que vem vamos ter um segundo filho. Aí o Biscoito é que entra com o espermatozóide. Que dessa vez vai ser gerado no ventre da Veruska... Com o óvulo da Bel. A gente só vai trocar.

— Só trocar, né? Agora o óvulo vai ser da Bel. E o ventre da Veruska.

— Exato.

— Agora eu entendi! Agora eu realmente entendi...

— Entendeu o quê?

— Entendi que é uma espécie de swing dos tempos modernos!

— Que swing, mãe?

— É swing, sim! Uma troca de casais... com os óvulos e os espermatozóides, uma hora no útero de uma, outra hora no útero de outra...

— Mas...

— Mas uns tomates! Isso é um bacanal de última geração! E pior... com incesto no meio.

— A Bel e a Veruska só vão ajudar na concepção do nosso filho, só isso...

— Sei... E quando elas quiserem ter filhos...

— Nós ajudamos.

— Quer saber? No final das contas não entendi mais nada. Não entendi quem vai ser mãe de quem, quem vai ser pai de quem, de quem vai ser o útero, o espermatozóide... A única coisa que eu entendi é que...

— Que...?

— Fazer árvore genealógica daqui pra frente... vai ser uma MERDA.

‡‡‡

----- **Promessas matrimoniais** -----
DE: ‹Martha Medeiros›
ATRIBUÍDO A: ‹Mário Quintana›

Em maio de 98, escrevi um texto em que afirmava que achava bonito o ritual do casamento na igreja, com seus vestidos brancos e tapetes vermelhos, mas que a única coisa que me desagradava era o sermão do padre: 'Promete ser fiel na alegria e na tristeza, na saúde e na doença, amando-o e respeitando-o até que a morte os separe?' Acho simplista e um pouco fora da realidade. Dou aqui novas sugestões de sermões:

Promete não deixar a paixão fazer de você uma pessoa controladora, e sim respeitar a individualidade do seu amado, lembrando sempre que ele não pertence a você e que está ao seu lado por livre e espontânea vontade?

Promete saber ser amiga e ser amante, sabendo exatamente quando devem entrar em cena uma e outra, sem que isso a transforme numa pessoa de dupla identidade ou numa pessoa menos romântica?

Promete fazer da passagem dos anos uma via de amadurecimento e não uma via de cobranças por sonhos idealizados que não chegaram a se concretizar?

Promete sentir prazer de estar com a pessoa que você escolheu e ser feliz ao lado dela pelo simples fato de ela ser a pessoa que melhor conhece você e portanto a mais bem preparada para lhe ajudar, assim como você a ela?

Promete se deixar conhecer?

Promete que seguirá sendo uma pessoa gentil, carinhosa e educada, que não usará a rotina como desculpa para sua falta de humor?

Promete que fará sexo sem pudores, que fará filhos por amor e por vontade, e não porque é o que esperam de você, e que os educará para serem independentes e bem informados sobre a realidade que os aguarda?

Promete que não falará mal da pessoa com quem casou só para arrancar risadas dos outros?

Promete que a palavra liberdade seguirá tendo a mesma importância que sempre teve na sua vida, que você saberá responsabilizar-se por si mesmo sem ficar escravizado pelo outro e que saberá lidar com sua própria solidão, que casamento algum elimina?

Promete que será tão você mesmo quanto era minutos antes de entrar na igreja?

Sendo assim, declaro-os muito mais que marido e mulher: declaro-os maduros.

‡‡‡

----- **Desabafo de um marido** -----
    DE: ‹Autor Desconhecido›
    ATRIBUÍDO A: ‹Luis Fernando Verissimo›

Minha esposa e eu temos o segredo pra fazer um casamento durar: duas vezes por semana, vamos a um ótimo restaurante, com uma comida gostosa, uma boa bebida, e um bom companheirismo.

Ela vai às terças-feiras, e eu às quintas.

Nós também dormimos em camas separadas. A dela é em Fortaleza e a minha em São Paulo. Eu levo minha esposa a todos os lugares, mas ela sempre acha o caminho de volta.

Perguntei a ela onde ela gostaria de ir no nosso aniversário de casamento:
— Em algum lugar a que eu não tenha ido há muito tempo! — ela disse. Então eu sugeri a cozinha.

Nós sempre andamos de mãos dadas. Se eu soltar, ela vai às compras. Ela tem um liquidificador elétrico, uma torradeira elétrica e uma máquina de fazer pão elétrica. Então ela disse: — Nós temos muitos aparelhos, mas não temos lugar pra sentar.

Daí, comprei pra ela uma cadeira elétrica.

Ela usou máscara de beleza por dois dias e ficou bonita. Então, ela tirou a máscara...

Noutro dia ela saiu correndo atrás do caminhão do lixo, gritando: — Estou atrasada para o lixo?

O motorista respondeu: — Não, pula aí dentro.

Lembrem-se... O casamento é a causa número um para o divórcio. Estatisticamente, cem por cento dos divórcios começam com o casamento. Eu me casei com a 'Sra. Certa'. Só não sabia que o primeiro nome dela era 'Sempre'. Já faz 18 meses que não falo com minha esposa. É que não gosto de interrompê-la.

Mas tenho que admitir, a nossa última briga foi culpa minha. Ela perguntou: — O que tem na TV?
E eu disse: — Poeira.

No começo Deus criou o mundo e descansou. Então, Ele criou o homem e descansou. Depois, criou a mulher. Desde então, nem Deus, nem o homem, nem o mundo tiveram mais descanso.

‡‡‡

----- **Marte e Vênus** -----
    DE: ‹Autor Desconhecido›
    ATRIBUÍDO A: ‹Luis Fernando Verissimo›

Nunca tinha entendido por que as necessidades sexuais dos homens e das mulheres são tão diferentes. Nunca tinha entendido tudo isso de Marte e Vênus. E nunca tinha entendido por que os homens pensam com a cabeça e as mulheres com o coração.

Uma noite, semana passada, minha mulher e eu estávamos indo para a cama. Bom, começamos a ficar à vontade, fazer carinhos e, nesse momento, ela falou: — Acho que agora não quero, só quero que você me abracc. Eu falei: — O QUEEEEEE?????? — Ela falou: — Você não sabe se conectar com as minhas necessidades emocionais como mulher.

Comecei a pensar onde podia ter falhado. No final, assumi que naquela noite não ia rolar nada, virei e dormi. No dia seguinte fomos a um grande hipermercado, do tipo Makro, com muitas lojas dentro dele. Dei uma volta enquanto ela experimentava três modelitos caríssimos. Como não podia decidir por um ou outro, falei para comprar os três. Então ela me falou que precisava de uns sapatos que combinassem, a R$200,00 cada par. Respondi que tudo bem. Depois fomos à seção de joalheria, de onde saiu com uns brincos de diamantes. Estava tão emocionada! Deveria estar pensando que fiquei louco, agora penso que estava me testando quando pediu também uma raquete de tênis, porque nem tênis ela joga. Acredito que acabei com seus esquemas e paradigmas quando falei que sim. Ela estava quase excitada sexualmente depois de tudo isso; vocês tinham que ver a carinha dela, toda feliz! Então ela falou: — Vamos passar no caixa para pagar...

Tive dificuldade para me segurar ao falar com ela: — Não, meu bem, acho que agora não quero comprar tudo isso. — Ela ficou pálida. Ainda falei: — Só quero que você me abrace. No momento em que começou a ficar com cara de querer me matar, falei: — Você não sabe se conectar com as minhas necessidades financeiras como homem... Acredito que o sexo acabou para mim até o Natal de 2008...

No **LIQUI-DIFICADOR DA TV,** sobram celebridades, silicone e confusão para todos os lados. Os não-autores que se expliquem (e agüentem o mulherio indignado!).

CELEBRIDADES VIVEM NA MIRA e, freqüentemente, na indignação do público, num curioso caso de amor e ódio. Mas quem é o Zé das Couves para falar da Adriane Galisteu? Um invejoso, claro, que não aceita o sucesso e o salário da moça. Convoque-se, portanto, uma outra celebridade para desancá-la, e todos os idiotas da objetividade sacudirão as cabeças, em solene aprovação. Enquanto isso, na vida real, onde todas as celebridades se encontram nos curraizinhos vips, as vítimas se desentendem. Se a vida em sociedade já era complicada antes da internet, imaginem agora!

----- **Ninguém mais namora as deusas** -----
    DE: ‹Autor Desconhecido›
    ATRIBUÍDO A: ‹Arnaldo Jabor›
    Nota: o texto aparece em dois formatos, acabando antes do [*1], ou
    continuando até o fim — o que dá a entender que, embora a primeira metade
    possa ser real, a segunda é definitivamente um apócrifo, ou não.

A política está tão repulsiva que vou falar de sexo. Outro dia, a Adriane Galisteu deu uma entrevista dizendo que os homens não querem namorar as mulheres que são símbolos sexuais. É isto mesmo. Quem ousa namorar a Feiticeira ou a Tiazinha? As mulheres não são mais para amar; nem para casar. São para 'ver'. Que nos prometem elas, com suas formas perfeitas por anabolizantes e silicones? Prometem-nos um prazer impossível, um orgasmo metafísico, para o qual os homens não estão preparados...

As mulheres dançam frenéticas na TV, com bundas cada vez mais malhadas, com seios imensos, girando em cima de garrafas, enquanto os pênis-espectadores se sentem apavorados e murchos diante de tanta gostosura. Os machos estão com medo das 'mulheres-liquidificador'. O modelo da mulher de hoje, que nossas filhas ou irmãs almejam ser (meu Deus!), é a prostituta transcendental, a mulher-robô, a 'Valentina', a 'Barbarela', a máquina-de-prazer sem alma, turbinas de amor com um hiperatômico tesão. Que parceiros estão sendo criados para estas pós-mulheres? Não os há. Os 'malhados', os 'turbinados' geralmente são bofes-gay, filhos do mesmo narcisismo de mercado que as criou. Ou, então, reprodutores como o Szafir, para o Robô-Xuxa. A atual 'revolução da vulgaridade', regada a pagode, parece 'libertar' as mulheres. Ilusão à toa. A 'libertação da mulher' numa sociedade escravista como a nossa deu nisso: superobjetos. Se achando livres, mas aprisionadas numa exterioridade corporal que apenas esconde pobres meninas famintas de amor, carinho e dinheiro. São escravas aparentemente alforriadas numa grande senzala sem grades.

Mas, diante delas, o homem normal tem medo. Elas são 'areia demais para qualquer caminhãozinho'. Por outro lado, o sistema que as criou enfraquece os homens. Eles vivem nervosos e fragilizados com seus pintinhos trêmulos, decadentes, a meia-bomba, ejaculando precocemente, puxando sacos, lambendo botas, engolindo sapos, sem o antigo charme 'jamesbondiano' dos anos sessenta. Não há mais o grande 'conquistador'. Temos apenas os 'fazendeiros de bundas', como o Huck, enquanto a maioria virou uma multidão de voyeurs, babando por deusas impossíveis. Ah, que saudades dos tempos das bundinhas e peitinhos 'normais' e 'disponíveis'...

[*1] Pois bem, com certeza a televisão tem criado 'sonhos de consumo' descritos tão bem pela língua ferrenha do Jabor (eu). Mas ainda existem mulheres de verdade. Mulheres que sabem se valorizar e valorizar o que tem 'dentro de casa', o seu trabalho. E, acima de tudo, mulheres com quem se possa discutir um gosto pela música, pela cultura, pela família, sem medo de parecer um 'chato' ou um 'cara metido a intelectual'. Mulheres que sabem valorizar uma simples atitude, rara nos homens de hoje, como abrir a porta do carro para elas. Mulheres que adoram receber cartas, bilhetinhos (ou emails)

românticos!! Escutar no som do carro aquela fitinha velha dos Beegees ou um CD do Kenny G (parece meio breguinha)... Mas é tão boooom namorar escutando estas musiquinhas tranquilas!!!

Penso que hoje, num encontro de um 'Turbinado' com uma 'Saradona', o papo deve ser do tipo:
— Meu... O meu professor falou que posso disputar o Iron Man que vou ganhar fácil!
— Ah, meu... O meu personal trainner disse que estou com os glúteos bem em forma e que nunca vou precisar de plástica.

E a música??? Só se for o 'último sucesso (????)' dos Travessos ou 'Chama-chuva...' e o 'Vai Serginho'???...

Mulheres do meu Brasil Varonil!!! Não deixem que criem estereótipos!! Não comprem o cinto de modelar da Feiticeira. A mulher brasileira é linda por natureza!! Curta seu corpo de acordo com sua idade; silicone é coisa de americana que não possui a felicidade de ter um corpo esculpido por Deus e bonito por natureza.

E se seus namorados e maridos pedirem para vocês 'malharem' e ficarem iguais à Feiticeira, fiquem... igual à feiticeira do seriado de TV: façam-nos sumirem da sua vida !!!

‡‡‡

----- **Baba, Kelly Key** -----
 DE: ‹Autor Desconhecido›
 ATRIBUÍDO A: ‹Millôr Fernandes›

Acho que 99% do país já teve o desgosto de ouvir 'Baba', hit da temporada, defendido com muita propriedade pela buzanfa cantante da Kelly Key. Quando essa bosta não está tocando no rádio do seu vizinho jeca, do shopping ou do táxi, tem algum mala fazendo o desfavor de lembrar o refrão pra você. É uma daquelas músicas que só podem ser removidas do córtex cerebral cirurgicamente. Uma desgraça mesmo. Kelly é um perfeito protótipo de uma vagaba exemplar.

Mas calma, isso não é ruim. Afinal, milhares e milhares de brasileiras queriam ser como ela, enquanto a mesma proporção de homens queriam ter ela. Sua carreira começou desastrosamente no *Samba, Pagode & Cia.*, aquela porcaria fracassada que passou na Globo. Deve ter durado uns dois programas, eu acho.

Daí, com 15 anos, ela se casou com o Latino, rei do funk melody, que depois tentou enveredar pela lambada e que metade das pessoas só lembra porque ele forjou um seqüestro e a outra metade porque ele tinha um sósia que media uns 15 centímetros e causou um dos momentos mais deprimentes e constrangedores da história da televisão brasileira ao se apresentar no *Faustão*.

Ele tinha uns dez anos a mais que ela e já estava em final de carreira quando a desposou. Daí, um belo dia, algum executivo tarado de gravadora teve a idéia de a transformar numa cruza de Cristina Aguilera com Britney Spears brazuca. Eu achei que não ia colar, que ela ia mais uma vez penar no limbo do fiasco. Mas eis que ela emplacou esse grude, deixando nossa existência um pouquinho mais miserável. Onde está o Talibã nessas horas?

O que eu não entendo é que, enquanto todas as agências internacionais de inteligência travam batalhas, movendo mundos e fundos contra a pedofilia, esse mal que assola a humanidade e ameaça o direito de escolha de nossas crianças, as pessoas cantam exatamente o contrário! Se prenderam o Planet Hemp por falar de maconha, por que não prendem essa mala? Afinal ela está incitando uma prática ilegal! Porque, como se não bastasse rimar amor com cão, o que já seria passível de pena perpétua inafiançável — ela ainda prega nessa música que o homem que respeita uma menina menor de idade é um otário.

E depois que ela completa a maioridade, quando eles já podem furunfar tranqüilamente sem que o cara seja condenado ao xilindró, aí ela não quer mais e fica tirando onda, se insinuando pro distinto homem sem liberar o material, só pra se vingar. Quer dizer, enquanto o cara é direito, não abusa da menor, ele é um babaca, que só merece o desprezo das mulheres porque agiu, no mínimo, corretamente. Tudo bem que achar uma garota que se mantenha virgem até atingir a maioridade é que nem achar um vendedor da Fórum macho. Quase impossível. Mas daí a condenar publicamente o sujeito que pôs a integridade acima do instinto animal... é tipo arrotar alto na mesa, coisas que você só faz entre amigos, em concursos e em fim de festas...

Detalhe cabuloso: ela fez essa música para o professor de educação física, por quem ela era amarradona quando tinha sete anos! Imagina se o cara entra numa com a pirralha no cio? O pior é se ele não ficou com ninguém, esperando ela desabrochar, e descobriu que ela não só o preteriu pra perder a virgindade com o Latino, como ainda tá ganhando uma baba mostrando como ele foi trouxa pro Brasil inteiro! O nome dessa música tinha que ser braba, que é isso que ela é! Trabalho não mata. Mas vagabundagem...

‡‡‡

----- **Duas vidas** -----
    DE: ‹Autor Desconhecido›
    ATRIBUÍDO A: ‹Arnaldo Jabor›

Será que a opinião pública está tão interessada assim na visão que Narcisa Tamborindeguy ou Adriane Galisteu têm da vida? A julgar pelo espaço que a mídia dedica a esse tipo de formador (?????) de opinião, o Brasil virou um imenso Castelo de Caras. Adriane Galisteu, após o seu casamento relâmpago, falou às páginas amarelas de Veja e deu aula magna de insensibilidade, egoísmo e... sinceridade! Estranha mistura, mas a moça tem razão quando se diz sincera. Ela não engana, revela-se de corpo (e que corpo!) inteiro, e o retrato que aparece é assustador!

Adriane teve uma infância atribulada, perdeu o pai aos 15 anos, ainda pobre, e um irmão com Aids quando já não era tão pobre. 'Eu não tinha um tostão, não tinha dinheiro para comprar um pastel. Meu irmão estava doente. Minha mãe ganhava R$190,00 do INSS, meu pai já tinha morrido. Eu sustentava todo mundo e não tinha poupança alguma.'

Peço licença a Adriane, mas vou falar de outra infância triste de mulher, a de Rosa Célia Barbosa. Seu perfil – admirável – surgiu em recente reportagem da *Vejinha* sobre os melhores médicos do Rio de Janeiro. Alagoana, pequena, 1,50cm, começou a sua odisséia aos sete anos. Largada num orfanato em Botafogo, Rosa Célia chorou durante meses. 'Toda mulher de saia eu achava que era a minha mãe que vinha me buscar. Depois de um tempo, desisti…'

Voltemos a Adriane Galisteu. Ela é rica, bem-sucedida, e 'nem na metade da escada ainda'. A escada não deixa de ser uma boa imagem para alguém que – como uma verdadeira Scarlet O'Hara de tempos neoliberais (muito mais neo que liberais) – resolveu que nunca mais vai passar fome. Até aí, tudo bem; mas é desconcertante ver como o sofrimento pode levar à total insensibilidade.

Pergunta a repórter a Adriane se ela faria algo para o bem do outro: 'Para o bem do outro? Não, só faço pelo meu bem. Essa coisa de dar sem cobrar, dar sem pedir, não existe. Depois, você acaba jogando isso na cara do outro.' 'Você nunca cede, então?' 'Cedo, claro que cedo. Já cedi em coisas que não afetam a minha vida. Ele gosta de dormir em lençol de linho e eu gosto de dormir em lençol de seda. Aí dá para ceder…'

Rosa Célia fez vestibular de medicina quando morava de favor num quartinho e trabalhava para manter-se. Formou-se e resolveu dedicar-se à cardiologia neonatal e infantil, quando trabalhava no Hospital da Lagoa. Sem saber inglês, meteu na cabeça que teria que estudar no National Heart Hospital, em Londres, com Jane Sommerville, a maior especialista mundial no assunto. Estudou inglês e conseguiu uma bolsa e uma carta da Dra. Sommerville. Em Londres, era gozada pelos colegas ingleses por causa de seu inglês jeca. Ganhou o respeito geral quando acertou um diagnóstico difícil numa paciente escocesa, após examiná-la por oito horas seguidas. 'Ela falava um inglês ainda pior do que o meu', lembra Rosa Célia, divertida. Adriane Galisteu está rica, mas não confia em ninguém, salvo na mãe. Nem nos amigos. Vejam: 'Eu não posso sair confiando nas pessoas. Não tenho motorista, nem segurança, por isso mesmo. É mais gente para te trair. Eu confio mais nos bichos do que nas pessoas. Ainda existem pessoas que acham que eu tenho amnésia. Muitas das que convivem comigo hoje já me viraram a cara quando estava por baixo. Mas você pensa que eu as trato mal? Trato com a maior naturalidade. Porque elas podem até me usar, mas eu vou usá-las também. É uma troca.'

De Londres, Rosa Célia iria direto para Houston, nos Estados Unidos. Fora escolhida e convidada para a Meca da cardiologia mundial. Futuro brilhante a aguardava. Uma gravidez inesperada atrapalhou o sonho. Pediu 24 horas para pensar e optou pelo filho, voltando ao Rio de Janeiro. Reassumiu seu cargo no Hospital da Lagoa e abriu consultório. Mas todo ano viaja para estudar. Passa no mínimo um mês no Children's Hospital, em Boston, trabalhando 12 horas por dia.

'Você gosta de dinheiro, (Adriane)?' 'Adoro dinheiro e detesto hipocrisia. Gasto, gosto de gastar, gosto de não fazer conta, de viajar de primeira classe. Tem gente que fala: esse dinheiro que ganhei eu vou doar... O meu eu não dôo não. O meu eu dôo é para a minha conta. Eu adoro fazer o bem, mas também tenho minhas prioridades: minha casa, minha família. Primeiro vou ajudar quem está mais próximo. Mas faço minhas campanhas beneficentes.'

Rosa Célia atualmente chefia um sofisticadíssimo centro cardiológico, o Pró-Cardíaco. Lá são tratados casos-limite, histórias tristes. O hospital é privado e caríssimo, mas ela achou um jeito de operar ali crianças sem posses. Criou uma ONG, passa o chapéu, fala com amigos, empresários. O seu Projeto Pró-Criança já atendeu mais de quinhentos, e cento e vinte foram operadas. 'Sonhei a vida inteira e fiz. Não importou ser pobre, mulher, baixinha, alagoana. Eu fiz.'

Voltemos a Adriane Galisteu e esbarraremos, brutalmente, na frustração. 'Já tive vontade de viajar e não podia. Queria ter um carro e não tinha. Queria ter feito uma faculdade e não tive dinheiro. Não que eu sinta falta de livros, porque livro a gente compra na esquina, e conhecimento a gente adquire na vida. Eu sinto falta é de contar para os amigos essas histórias que todo mundo tem, do tempo da faculdade.'

Duas vidas, dois perfis fora da normalidade, matéria-prima para os órgãos de imprensa. Mas qual é a mais valorizada pela mídia hoje em dia? É fácil constatar e chegar à conclusão de que há algo muito errado com a nossa sociedade. Pode ser até que o leitor tenha interesse mórbido em saber o que as louras e morenas burras ou muito espertas andem fazendo, mas a mídia não deve limitar-se a refletir e a conformar-se com a mediocridade, o vazio, o oportunismo e a falta de ética. Os órgãos de imprensa devem ter um papel transformador na sociedade e, nesse sentido, estaríamos melhor servidos se houvesse mais Rosas Célias nos jornais, nas revistas e TVs que nos cercam.

Voltando ao Castelo de Caras, as belas Adrianes, Narcisas, Lucianas, Suzanas ou Carlas certamente encontrarão lá um espelho mágico… Se for mesmo mágico, dirá que Rosa Célia é mais bela do que todas vocês.

‡‡‡

----- **No trabalho, e chocada** -----
    DE: ‹Rosana Hermann›
    ATRIBUÍDO A: ‹Herbert Vianna›
    Nota: texto comentado em crônica pela própria Rosana Hermann (página 154). A frase após [*1] não está no texto original.

Cantor do LS Jack é internado em coma no Rio após lipoaspiração. É possível isso? É admissível isso? Um rapaz de 27 anos ter uma parada cardíaca e entrar em coma após uma cirurgia de lipoaspiração? Pelo amor de D'us, eu não quero usar nada nem ninguém, nem falar do que não sei, nem procurar culpados, nem acusar ou apontar pessoas, mas ninguém está percebendo que toda essa busca insana pela estética ideal é muito menos lipo-as e muito mais piração?

Uma coisa é saúde, outra é obsessão. O mundo pirou, enlouqueceu.
Hoje, D'us é a auto-imagem.
Religião é dieta.

Fé, só na estética.
Ritual é malhação.
Amor é cafona, sinceridade é careta, pudor é ridículo, sentimento é bobagem.
Gordura é pecado mortal.
Ruga é contravenção.
Roubar pode, envelhecer, não.
Estria é caso de polícia.
Celulite é falta de educação.
Filho da puta bem-sucedido é exemplo de sucesso.
A máxima moderna é uma só: pagando bem, que mal tem?

A sociedade consumidora, a que tem dinheiro, a que produz, não pensa em mais nada além da imagem, imagem, imagem. Imagem, estética, medidas, beleza. Nada mais importa. Não importam os sentimentos, não importa a cultura, a sabedoria, o relacionamento, a amizade, a ajuda, nada mais importa. Não importa o outro, a humanidade, o coletivo. Jovens não têm mais fé, nem idealismo, nem posição política. Adultos perdem o senso em busca da juventude fabricada.

Ok, eu também quero me sentir bem, quero caber nas roupas, quero ficar legal, quero caminhar, correr, viver muito, ter uma aparência legal, mas... uma sociedade de adolescentes anoréxicas e bulímicas, de jovens lipoaspirados, turbinados, aos vinte anos, não é natural. Não é, não pode ser.

D'us permita que ele volte do coma sem seqüelas. Que as pessoas discutam o assunto. Que alguém acorde. Que o mundo mude. Que eu me acalme. Que o amor sobreviva.

[*1] 'Cuide bem do seu amor, seja quem for.'

‡‡‡

----- **Diga não às drogas** -----
DE: ‹Autor Desconhecido›
ATRIBUÍDO A: ‹Luis Fernando Verissimo›
Nota: texto comentado em crônicas pelo próprio Luis Fernando Verissimo (páginas 156 e 157).

Tudo começou quando eu tinha uns 14 anos e um amigo chegou com aquele papo de 'experimenta, depois, quando você quiser, é só parar...' e eu fui na dele. Primeiro ele me ofereceu coisa leve, disse que era de 'raiz', 'da terra', que não fazia mal, e me deu um inofensivo disco do Chitãozinho e Xororó e, em seguida, um do Leandro e Leonardo. Achei legal, coisa bem brasileira; mas a parada foi ficando mais pesada, o consumo cada vez mais freqüente, comecei a chamar todo mundo de 'Amigo' e acabei comprando pela primeira vez. Lembro que cheguei na loja e pedi: — Me dá um CD do Zezé di Camargo e Luciano.

Era o princípio de tudo!

Logo resolvi experimentar algo diferente e ele me ofereceu um CD de axé. Ele dizia que era para relaxar; sabe, coisa leve... Banda Eva, Cheiro de Amor, Netinho, etc. Com o tempo, meu amigo foi oferecendo coisas piores: É o Tchan, Companhia do Pagode, Asa de Águia e muito mais.

Após o uso contínuo eu já não queria mais saber de coisas leves, eu queria algo mais pesado, mais desafiador, que me fizesse mexer a bunda como eu nunca havia mexido antes. Então, meu 'amigo' me deu o que eu queria, um CD do Harmonia do Samba.

Minha bunda passou a ser o centro da minha vida, minha razão de existir. Eu pensava por ela, respirava por ela, vivia por ela! Mas, depois de muito tempo de consumo, a droga perde efeito, e você começa a querer cada vez mais, mais, mais... Comecei a freqüentar o submundo e correr atrás das paradas. Foi a partir daí que começou a minha decadência. Fui ao show de encontro dos grupos Karametade e Só pra Contrariar, e até comprei a *Caras* que tinha o Rodriguinho na capa. Quando dei por mim, já estava com o cabelo pintado de loiro, minha mão tinha crescido muito em função do pandeiro, meus polegares já não se mexiam por eu passar o tempo todo fazendo sinais de positivo.

Não deu outra: entrei para um grupo de pagode. Enquanto vários outros viciados cantavam uma 'música' que não dizia nada, eu e mais doze infelizes dançávamos alguns passinhos ensaiados, sorriamos e fazíamos sinais combinados.

Lembro-me de um dia quando entrei nas Lojas Americanas e pedi a coletânea *As melhores do Molejão*. Foi terrível!! Eu já não pensava mais!! Meu senso crítico havia sido dissolvido pelas rimas 'miseráveis' e letras pouco arrojadas.

Meu cérebro estava travado, não pensava em mais nada. Mas a fase negra ainda estava por vir. Cheguei ao fundo do poço, no limiar da condição humana, quando comecei a escutar 'Popozudas', 'Bondes', 'Tigrões', 'Motinhas' e 'Tapinhas'. Comecei a ter delírios, a dizer coisas sem sentido. Quando saía à noite para as festas, pedia tapas na cara e fazia gestos obscenos. Fui cercado por outros drogados, usuários das drogas mais estranhas; uns nobres queriam me mostrar o 'caminho das pedras', outros extremistas preferiam o 'caminho dos templos'.

Minha fraqueza era tanta que estive próximo de sucumbir aos radicais e ser dominado pela droga mais poderosa do mercado: a droga limpa. Hoje estou internado em uma clínica. Meus verdadeiros amigos fizeram a única coisa que poderiam ter feito por mim. Meu tratamento está sendo muito duro: doses cavalares de rock, MPB, progressivo e blues. Mas o meu médico falou que é possível que tenham que recorrer ao jazz e até mesmo a Mozart e Bach.

Queria aproveitar a oportunidade e aconselhar as pessoas a não se entregarem a esse tipo de droga. Os traficantes só pensam no dinheiro. Eles não se preocupam com a sua saúde, por isso tapam sua visão para as coisas boas e te oferecem drogas. Se você não reagir, vai acabar drogado: alienado, inculto, manobrável, consumível, descartável e distante; vai perder as referências e definhar mentalmente.

Em vez de encher a cabeça com porcaria, pratique esportes e, na dúvida, se não puder distinguir o que é droga ou não, faça o seguinte:
Não ligue a TV no domingo à tarde;
Não escute nada que venha de Goiânia ou do Interior de São Paulo;
Não entre em carros com adesivos 'Fui...';
Se te oferecerem um CD, procure saber se o suspeito foi ao programa da Hebe ou se apareceu no *Sabadão do Gugu*;
Mulheres gritando histericamente é outro indício;
Não compre nenhum CD que tenha mais de seis pessoas na capa;
Não vá a shows em que os suspeitos façam gestos ensaiados;
Não compre nenhum CD que a capa tenha nuvens ao fundo;
Não compre qualquer CD que tenha vendido mais de 1 milhão de cópias no Brasil, e;
Não escute nada que o autor não consiga uma concordância verbal mínima.

Mas, principalmente, duvide de tudo e de todos.
A vida é bela!
Eu sei que você consegue!
Diga não às drogas!

‡‡‡

A INDIGNAÇÃO QUE NAO OUSA DIZER SEU NOME,

OU A SINCERIDADE DOS INSINCEROS.
VAMOS MUDAR TUDO QUE AÍ ESTÁ
— A COMEÇAR PELO NOME DOS AUTORES!

ESTA É UMA CATEGORIA PARTICULARMENTE CURIOSA: a dos moralistas, que apontam o dedo virtual em todas as direções para explicar o que há de errado com o país. A tônica dos textos é criticar a falta de educação e de ética do brasileiro, mas é curioso notar como ninguém vê falta de educação ou de ética em trocar autorias ou simplesmente pegar emprestado um nome mais conhecido. Vá entender.

----- **Faz parte** -----
    DE: ‹Autor Desconhecido›
    ATRIBUÍDO A: ‹Arnaldo Jabor›

Triste país este em que pessoas como Kleber viram ídolos. Sem ter feito nada de bom, apenas porque fracassaram na tentativa do mal, são julgados inocentes. Apenas por cometerem incontáveis erros de português, são julgados puros. A desinteligência é confundida com qualidade, com algo a ser valorizado. Pela sua ignorância e falta de estudo, imediatamente julga-se que não teve oportunidades, sem levar em conta a realidade de fatos. Pessoas identificam-se e pronto. Alguém lhe perguntou por que não estudou?

Não, apenas constatam que o brasileiro típico não tem estudo, é ignorante e ponto final. Triste país este que nunca soube votar, que se deixa levar pelas aparências, pela casca, como se conteúdo fosse o que menos importasse... Triste país em que um aproveitador barato vence um trabalhador, motivado apenas por preconceito. A votação do BBB, mais do que uma etapa num programa de TV, mostra a lamentável radiografia de um país superficial, em que a malandragem sempre predomina em detrimento ao caráter, à integridade, ao produzir. Hackers de última hora modificam o percentual de votações, esfregam na cara dos internautas, e nada é feito. Alguma semelhança com Brasília?

Infelizmente não é mera coincidência... Ídolos de barro são construídos num piscar de olhos. O corpo, o rebolar são sempre mais valorizados do que o caráter de um ser.

Vê-se o país em que hoje vivemos: um enorme potencial desperdiçado. Um povo que poderia ser vencedor, íntegro, trabalhador. Mas a indolência, a malandragem, a falsa pureza é que são moedas correntes num mercado inexplicável.

Kleber promete que se ganhar dá dinheiro aos outros participantes. O povo o aplaude. Já na primeira prova vende sua participação em troca de um carro usado. O povo aplaude as falcatruas expostas, acostumado que está... Trata mulheres como objetos usáveis e descartáveis. Refere-se à Xaiane como 'cascuda para o ato', utiliza, descarta, fala mal dela para todos, parte para a próxima. O público, ao invés de castigar a cafajestagem, transforma-o num astro de última hora... A própria Xaiane? Que vergonha!? Apóia o mau-caráter.

Um simpatizante ameaça na net que todos que falarem mal do moço vão receber vírus em seus computadores. O servidor da Globo emperra, impedindo-nos de votar no domingo pela eliminação de Kleber e, na terça-feira, a favor de André ou Vanessa. Manipulação explícita? O mal vence e o bem sai, com um sorrisinho amedrontado.

Kleber dentro da casa chora de saudades dos pais, promete que fará caridade com o dinheiro, que ajudará outros participantes, que Maria Eugênia (boneca fabricada, cabeça de lata, como ele) o acompanhará até o fim. Bastou anunciar-se o resultado e tudo mudou: Maria Eugênia foi 'deixada para depois', Bambam sai da casa e só após longuíssimos minutos se divertindo com a galera é que foi dar um abracinho mixuruca nos pais... Seu grito com a galera? 'Nós vamos curtir muito com esta grana.' Ué, e a caridade?

E a promessa que fez, ao vivo na noite de domingo, de que ficaria 12 horas de joelhos? Onze eliminados. Alguns ruins, outros bons. Os outros dois finalistas, mais humanos e autênticos.

O ídolo de barro ganhou. É burro, ignorante, não tem cultura. Mas foi espertalhão, soube ludibriar o público com um 'jeitinho humilde' inventado e aperfeiçoado, com um discurso demagógico que qualquer olhar mais atento desmascara.

Triste país este. Após a vitória de Kleber, ficou ainda mais triste ser brasileiro.

‡‡‡

----- **Precisa-se de matéria-prima para construir um país** -----
DE: ‹Autor Desconhecido›
ATRIBUÍDO A: ‹João Ubaldo Ribeiro›
Nota: texto comentado pelo próprio João Ubaldo em email (página 145).

A crença geral anterior era que Collor não servia, bem como Itamar e Fernando Henrique. Agora dizemos que Lula não serve. E o que vier depois de Lula também não servirá para nada. Por isso estou começando a suspeitar que o problema não está no ladrão e corrupto que foi Collor, ou na farsa que é o Lula. O problema está em nós.

Nós como POVO. Nós como matéria-prima de um país.

Porque pertenço a um país onde a 'ESPERTEZA' é a moeda que sempre é valorizada, tanto ou mais do que o dólar. Um país onde ficar rico da noite para o dia é uma virtude mais apreciada do que formar uma família, baseada em valores e respeito aos demais.

Pertenço a um país onde, lamentavelmente, os jornais jamais poderão ser vendidos como em outros países, isto é, pondo umas caixas nas calçadas onde se paga por um só jornal E SE TIRA UM SÓ JORNAL, DEIXANDO OS DEMAIS ONDE ESTÃO.

Pertenço ao país onde as 'EMPRESAS PRIVADAS' são papelarias particulares de seus empregados desonestos, que levam para casa, como se fosse correto, folhas de papel, lápis, canetas, clipes e tudo o que possa ser útil para o trabalho dos filhos... e para eles mesmos.

Pertenço a um país onde a gente se sente o máximo porque conseguiu 'puxar' a tevê a cabo do vizinho, onde a gente frauda a declaração de imposto de renda para não pagar ou pagar menos impostos. Pertenço a um país onde a impontualidade é um hábito. Onde os diretores das empresas não valorizam o capital humano. Onde há pouco interesse pela ecologia, onde as pessoas atiram lixo nas ruas e depois reclamam do governo por não limpar os esgotos.

Onde fazemos 'gatos' para roubarmos luz e água e nos queixamos de como esses serviços estão caros. Onde não existe a cultura pela leitura (exemplo maior nosso atual presidente, que recentemente falou que é 'muito chato ter que ler') e não há consciência nem memória política, histórica nem econômica. Onde nossos congressistas trabalham dois dias por semana para aprovar projetos e leis que só servem para afundar o que não tem, encher o saco daquele que tem pouco e beneficiar só a alguns.

Pertenço a um país onde as carteiras de motorista e os certificados médicos podem ser 'comprados', sem fazer nenhum exame. Um país onde uma pessoa de idade avançada, ou uma mulher com uma criança nos braços, ou um inválido, fica em pé no ônibus, enquanto a pessoa que está sentada finge que dorme para não dar o lugar.

Um país no qual a prioridade de passagem é para o carro e não para o pedestre. Um país onde fazemos um monte de coisa errada, mas nos esbaldamos em criticar nossos governantes. Quanto mais analiso os defeitos do Fernando Henrique e do Lula, melhor me sinto como pessoa, apesar de ainda ontem ter 'molhado' a mão de um guarda de trânsito para não ser multado. Quanto mais digo o quanto o Dirceu é culpado, melhor sou eu como brasileiro, apesar de ainda hoje de manhã ter passado para trás um cliente através de uma fraude, o que me ajudou a pagar algumas dívidas.

Não. Não. Não. Já basta.

Como 'matéria-prima' de um país, temos muitas coisas boas, mas nos falta muito para sermos os homens e mulheres de que nosso país precisa. Esses defeitos, essa 'ESPERTEZA BRASILEIRA' congênita, essa desonestidade em pequena escala, que depois cresce e evolui até converter-se em casos de escândalo, essa falta de qualidade humana, mais do que Collor, Itamar, Fernando Henrique ou Lula, é que é real e honestamente ruim, porque todos eles são brasileiros como nós, ELEITOS POR NÓS. Nascidos aqui, não em outra parte...

Entristeço-me. Porque, ainda que Lula renunciasse hoje mesmo, o próximo presidente que o suceder terá que continuar trabalhando com a mesma matéria-prima defeituosa que, como povo, somos nós mesmos. E não poderá fazer nada...

Não tenho nenhuma garantia de que alguém possa fazer melhor, mas enquanto alguém não sinalizar um caminho destinado a erradicar primeiro os vícios que temos como povo, ninguém servirá.

Nem serviu Collor, nem serviu Itamar, não serviu Fernando Henrique, e nem serve Lula, nem servirá o que vier. Qual é a alternativa? Precisamos de mais um ditador, para que nos faça cumprir a lei com a força e por meio do terror?

Aqui faz falta outra coisa. E enquanto essa 'outra coisa' não começa a surgir de baixo para cima, ou de cima para baixo, ou do centro para os lados, ou como queiram, seguiremos igualmente condenados, igualmente estancados... igualmente sacaneados!!! É muito gostoso ser brasileiro. Mas quando essa brasilianidade autóctone começa a ser um empecilho às nossas possibilidades de desenvolvimento como Nação, aí a coisa muda... Não esperemos acender uma vela a todos os Santos, a ver se nos mandam um

Messias. Nós temos que mudar, um novo governador, com os mesmos brasileiros, não poderá fazer nada. Está muito claro… Somos nós os que temos que mudar.

Sim, creio que isto encaixa muito bem em tudo o que anda nos acontecendo: desculpamos a mediocridade mediante programas de televisão nefastos e francamente tolerantes com o fracasso. É a indústria da desculpa e da estupidez. Agora, depois desta mensagem, francamente decidi procurar o responsável, não para castigá-lo, senão para exigir-lhe (sim, exigir-lhe) que melhore seu comportamento e que não se faça de surdo, de desentendido.

Sim, decidi procurar o responsável e estou seguro de que o encontrarei quando me olhar no espelho. Aí está. NÃO PRECISO PROCURÁ-LO EM OUTRO LADO. E você, o que pensa? Medite!

‡‡‡

----- **Ode aos gaúchos** -----
    DE: ‹Autor Desconhecido›
    ATRIBUÍDO A: ‹Arnaldo Jabor›
    Nota: texto comentado em crônica pelo próprio Jabor (página 145).

O Rio Grande do Sul é como aquele filho que sai muito diferente do resto da família. A gente gosta, mas estranha. O Rio Grande do Sul entrou tarde no mapa do Brasil. Até o começo do século XIX, espanhóis e portugueses ainda se esfolavam para saber quem era o dono da terra gaúcha. Talvez por ter chegado depois, o Estado ficou com um jeito diferente de ser. Começa que diverge no clima: um Brasil onde faz frio e venta, com pinheiros em vez de coqueiros, é tão fora do padrão quanto um Canadá que fosse à praia. Depois, tem a mania de tocar sanfona, que lá no RS chamam de gaita, e de tomar mate em vez de café. Mas o mais original de tudo é a personalidade forte do gaúcho. A gente rigorosa do Sul não sabe nada do riso fácil e da fala mansa dos brasileiros do litoral, como cariocas e baianos. Em lugar do calorzinho da praia, o gaúcho tem o vazio e o silêncio do pampa, que precisou ser conquistado à unha dos espanhóis. Há quem interprete que foi o desamparo diante desses abismos horizontais de espaço que gerou, como reação, o famoso temperamento belicoso dos sulinos. É uma teoria — mas conta com o precioso aval de um certo Analista de Bagé, personagem de Luis Fernando Verissimo que recebia seus pacientes de bombacha e esporas, berrando: 'Mas que frescura é essa de neurose, tchê?'

Todo gaúcho ama sua terra acima de tudo e está sempre a postos para defendê-la. Mesmo que tenha de pagar o preço em sangue e luta. Gaúcho que se preze já nasce montado no bagual (cavalo bravo). E, antes de trocar os dentes de leite, já é especialista em dar tiros de laço. Ou seja, saber laçar novilhos à moda gaúcha, que é diferente da moda americana, porque o laço é de couro trançado em vez de corda, e o tamanho da laçada, ou armada, é bem maior, com oito metros de diâmetro, em vez de dois ou três. Mas por baixo do poncho bate um coração capaz de se emocionar até às lágrimas em uma reunião de um dos Centros de Tradições Gaúchas, CTG, criados para preservar os usos e costumes locais. Neles, os durões se derretem: cantam, dançam e até declamam versinhos em honra da garrucha, da erva-mate e outros gauchismos. Um dos poemas prediletos é 'Chimarrão', do tradicionalista Glauco Saraiva, que tem estrofes como: 'E a cuia, seio moreno que passa de mão em mão, traduz no meu chimarrão a velha hospitalidade da gente do meu rincão.' (Bem, tirando o machismo do seio moreno, passando de mão em mão, até que é bonito.)

Esse regionalismo exarcebado costuma criar problemas de imagem para os gaúchos, sempre acusados de se sentir superiores ao resto do país. Não é verdade — mas poderia ser, a julgar por alguns dados e estatísticas. O Rio Grande do Sul é possuidor do melhor índice de desenvolvimento humano do Brasil, de acordo com a ONU, do menor índice de analfabetismo do país, segundo o IBGE, e o da população mais longeva da América Latina (sendo Veranópolis a terceira cidade do mundo em longevidade), segundo a OMS. E ainda tem as mulheres mais bonitas do país, segundo a agência Ford Models. Além do gaúcho, chamado de 'machista', qual outro povo que valoriza a mulher a ponto de chamá-la de prenda (que quer dizer algo de muito valor)? Macanudo, tchê. Ou, como se diz em outras praças: 'legal às pampas', uma expressão que, por sinal, veio de lá.

----- **Brasil e o mundo podem prejudicar a sua saúde** -----
DE: ‹Autor Desconhecido›
ATRIBUÍDO A: ‹Arnaldo Jabor›

Minha profissão é ver o mal do mundo. Um dia, a depressão bate. Não agüento mais ver a cara do Bush ostentando rugas na testa de preocupação com o nosso destino (que ele azedou), não agüento mais o Lula de boné dançando xaxado, não agüento ver o Sarney feliz, mandando no país, guardando o PT no bolso do jaquetão, enquanto os petistas, comunistas, tucanistas e fascistas discutem para ver quem é mais de esquerda ou de direita, enquanto o país afunda em violência e miséria, com o Estado sendo loteado entre esquerdistas sem emprego; não dá mais para ouvir que há transgênicos de esquerda ou de direita, principalmente quando ninguém consegue impedir as queimadas na Amazônia; passo mal também quando vejo a cara dos oportunistas do MST, com a bênção da Pastoral da Terra, liderando pobres diabos para a revolução contra o capitalismo; não agüento secretários de Segurança falando em forças-tarefa, em presídios perfeitos que não conseguem nem bloquear celulares; não suporto ver que o Exército se recusa a ajudar na repressão ao crime, com generais tão eficazes para arrasar a guerrilha urbana nos anos setenta.

Não suporto a polêmica desenvolvimento x austeridade, planos B, C e D, tenho horror do Fome Zero, tenho enjôo com vagabundos inúteis falando em utopias, bispos dizendo bobagens sobre economia, acadêmicos rancorosos decepcionados com Lula, não agüento mais ver a República tratada no passado, nostalgias de tortura, heranças malditas, ossadas do Araguaia e nenhuma idéia para nosso futuro, não tolero mais a falta de imaginação política, a retórica da impossibilidade sem saídas pontuais e originais, e vejo que a única coisa que acontece é que não acontece nada e que os juros baixos não acontecem nunca e penso: 'Ahh... se os homens de bem tivessem a imaginação dos canalhas!'

Não aturo mais essa dúvida ridícula que assola a reflexão política: paciência x voluntarismo, processo x solução, continuidade x ruptura. Passo mal vendo político pedindo CPI para se lavar, deprimo quando vejo a militância dos ignorantes, a burrice com fome de sentido, o vice Alencar no bordão da queda dos juros, e o Palocci dizendo que não dá pé.

Tenho engulhos ao ver essa liberdade fetichizada que rola por aí, produto de mercado, ao ver êxtases volúveis de clubbers e punks de boutique, livres dentro de um chiqueirinho de irrelevâncias, buscando ideais como a bunda perfeita, bundas ambiciosas, querendo subir na vida, bundas com vida própria, mais importantes que suas donas; odeio recordes sexuais, próteses de silicone, sucesso sem trabalho, a troca do mérito pela fama; não suporto mais anúncio de cerveja fazendo competição entre louras burras e Zeca Pagodinho jogado numa cilada, detesto bingo, pitbulls, balas perdidas, suspense sobre espetáculo de crescimento; abomino a excessiva sexualização de tudo, com bombeiros sexy engatados em mulheres divididas entre a piranhagem e a peruíce, o sexo como competição de eficiência.

Onde está a sutileza calma dos erotismos delicados? Onde, o refinamento poético do êxtase? Repugna-me ver sorrisos luminosos de celebridades bregas, passo-de-ganso de manequim, saber quem come quem na *Caras*, mulher pensando feito homem, caçando namorados semanais, com essa liberdade vagabunda para nada; horroriza-me sermos um bando de patetas de consumo, como crianças brincando num shopping, enquanto os homens-bomba explodem no Oriente e no Ocidente; não agüento mais cadáveres na Faixa de Gaza e em Ramos, ônibus em fogo no Jacarezinho e trens sangrando em Madri, museu de Bilbao, museus evocando retorcidos bombardeios, sem arte alguma para botar dentro, a não ser sinistras instalações com sangue de porco ou latinhas de cocô do artista.
Não agüento mais chuvas em São Paulo e desabamentos no Rio, gente afogada na Nove de Julho, enquanto formigueiros de fiéis bárbaros no Islã rezam com os rabos para cima; não agüento mais ver xiitas sangrando, dançando e batendo na cabeça no tão esperado século XXI, enquanto Bush reza na Casa Branca e o Dick Cheney, sujo de petróleo, fala em democracia no Iraque; não agüento mais ver que a pior violência é o acostumamento com a violência, pois o mal se banaliza e o bem vira um luxo burguês.

Não admito mais ouvir falar de globalização, enquanto meninos miseráveis fazem malabarismo com bolinhas de tênis nos sinais de trânsito do Rio; não suporto o sorriso de Blair, a cara constrangida de Colin Powell, as pernas lindas de Condoleeza Rice, que me excita ao pensá-la em sinistras sacanagens na noite de Washington.

Não agüento cariocas de porre falando de política, festas de celebridades com cascata de camarão, matéria paga com casais em bodas-de-prata, novas forças-tarefa, Lula com outro boné, políticos se defendendo de roubalheira falando em honra ilibada, conselhos de notáveis para estudar problemas sem solução, anúncios de celular que faz de tudo, até boquete.

Dá-me repulsa e lágrimas ver mulheres-bomba tirando foto com os filhinhos antes de explodir e subir aos céus dos imbecis, odeio Sharon e Arafat, a cara de sábia estupidez dos aiatolás, o efeito estufa, o derretimento das calotas polares, casamento gay, pedofilia perdoada na Igreja, Chavez e seus referendos, Maluf negando, Pitta negando, o Sombra negando, enquanto juízes corruptos reclamam do controle do Judiciário, e o Papa rezando contra a violência sem querer morrer jamais; não agüento mais Cúpulas do G7, lamentando a miséria para nada, e tenho medo que o Kerry, que tem uma cara duvidosa de ponto de interrogação, com aquele queixo de caju, perca a eleição, entregando o mundo à gangue do Mal.
Tenho medo de tudo, inclusive da minha antiga e endêmica depressão, essa minha vã esperança iluminista. E tenho medo, acima de tudo, que as pessoas não agüentem mais a democracia e joguem o país de vez no buraco.

‡‡‡

----- **Por que no Brasil não há terrorismo** -----
  DE: ‹Autor Desconhecido›
  ATRIBUÍDO A: ‹Luis Fernando Verissimo›

Documentos mantidos em sigilo pela Polícia Federal revelam que a Al Qaeda, organização terrorista de Osama Bin Laden, ordenou a execução de atentado no Brasil. O alvo da ação seria a estátua do Cristo Redentor, localizada no alto do morro do Corcovado e um dos símbolos mais conhecidos do Rio de Janeiro, tanto no Brasil quanto no exterior.

De acordo com informações obtidas em Brasília, a ordem de Bin Laden decorreu do ódio que o saudita nutre por festas monumentais, como o carnaval carioca, para ele 'um símbolo da globalização da sem-vergonhice'. Demolidor de ídolos e iconoclasta como os talibãs que explodiram estátuas de Buda no Afeganistão, ele destacou dois mujahedins para seqüestro e uso de avião, que seria lançado contra a estátua, a seu ver 'símbolo dos infiéis'.

Os registros da Polícia Federal dão conta de que os dois terroristas chegaram ao Aeroporto Internacional Tom Jobim em 22 de setembro, domingo, às 21:47h, no vôo da Air Canadá procedente de Montreal, com escala em Miami. A missão começou a sofrer embaraços já no desembarque, quando a bagagem dos muçulmanos foi extraviada. Após quase seis horas de peregrinação por diversos guichês e dificuldade de comunicação em virtude do inglês fortemente marcado por sotaque árabe, os dois saíram do aeroporto, aconselhados por funcionários da Infraero a voltar no dia seguinte, com intérprete.

A Polícia Federal investiga a possibilidade de eles terem apanhado um táxi pirata na saída do aeroporto, pois o motorista percebeu que eram estrangeiros e rodou uma hora e meia, dando voltas com eles pela cidade, até abandoná-los em lugar ermo da Baixada Fluminense. No trajeto, ele parou o carro e três cúmplices os assaltaram e espancaram. Eles conseguiram ficar com alguns dólares que tinham escondido em cintos próprios para transportar dinheiro e pegaram carona num caminhão que entregava gás.

Na segunda-feira, às 7:33h, graças ao treinamento de guerrilha que receberam nas cavernas do Afeganistão e nos campos minados da Somália, os dois terroristas conseguiram chegar a um hotel de Copacabana. Alugaram um carro na Hertz e voltaram ao aeroporto, determinados a seqüestrar logo um avião e jogá-lo bem no meio dos braços abertos do Cristo Redentor. Enfrentaram um congestionamento monstro por causa de uma manifestação de estudantes e professores em greve e ficaram três horas parados na avenida Brasil, na altura de Manguinhos, onde seus relógios foram roubados em um arrastão.

Às 12:30h, resolveram ir para o Centro da cidade e procuraram uma casa de câmbio para trocar o pouco que sobrou de dólares. Receberam notas de cem reais falsas. Por fim, às 15:45h chegaram ao Tom Jobim para praticar o seqüestro. Os pilotos da Varig estão em greve por mais salário e menos horas de trabalho. Os controladores de vôo também pararam (querem equiparação com os pilotos). O único avião na pista é da Vasp, mas está sem combustível. Foi fretado pela Soletur. Aeroviários e passageiros estão acantonados na sala de espera e nos corredores do aeroporto, tocando pagode e gritando slogans contra o governo. O Batalhão de Choque da PM chega batendo em todos, inclusive nos terroristas.

Os árabes são conduzidos à delegacia da Polícia Federal no aeroporto, acusados de tráfico de drogas, em face de flagrante forjado pelos policiais, que plantaram papelotes de cocaína nos bolsos dos dois. Às 18 horas, aproveitando o resgate de presos feito por um esquadrão de bandidos do Comando Vermelho, eles conseguem fugir da delegacia em meio à confusão e ao tiroteio. Às 19:05h, os muçulmanos, ainda ensangüentados, se dirigem ao balcão da Vasp para comprar as passagens. Mas o funcionário que lhes vende os bilhetes omite a informação de que os vôos da companhia estão suspensos por tempo indeterminado. Eles, então, discutem entre si: começam a ficar em dúvida se destruir o Rio de Janeiro, no fim das contas, é um ato terrorista ou uma obra de caridade.

Às 23:30h, sujos, doloridos e mortos de fome, decidem comer alguma coisa no restaurante do aeroporto. Pedem sanduíches de churrasco com queijo e limonadas. Só na terça-feira, às 4:35h, conseguem se recuperar da intoxicação alimentar de proporções eqüinas, decorrente da ingestão de carne estragada usada nos sanduíches. Eles foram levados para o Hospital Miguel Couto, depois de terem esperado três horas para que o socorro chegasse e percorresse diversos hospitais da rede pública até encontrar vaga. No HMC, foram atendidos por uma enfermeira feia e mal-humorada.

Eles teriam de esperar dois dias para serem examinados, se não fosse pelo cólera causado pela limonada feita com água contaminada por coliforme fecal. Debilitados, só terão alta hospitalar no domingo.

Domingo, 18:20h: os homens de Bin Laden saem do hospital e chegam perto do estádio do Maracanã. O Vasco acabara de perder para o Bangu, por 6x0. A torcida cruzmaltina confunde os terroristas com integrantes da galera adversária e lhes dá uma surra sem precedentes. O chefe da torcida é um tal de Pé de Mesa, que abusa sexualmente deles. Às 19:45h, finalmente, são deixados em paz, com dores terríveis pelo corpo, em especial na área mais delicada. Ao verem uma barraca de venda de bebida nas proximidades, decidem se embriagar uma vez na vida, mesmo que seja pecado. Tomam cachaça adulterada com metanol e precisam voltar ao Miguel Couto.

Segunda-feira, 23:42h: os dois terroristas fogem do Rio escondidos na traseira de um caminhão de eletrodomésticos, assaltado horas depois na Serra das Araras. Desnorteados, famintos, sem poder andar e sentar, eles são levados pela van de uma ONG ligada a direitos humanos para São Paulo. Viajam deitados de lado.

Na capital, perambulam o dia todo à cata de comida e por volta das 20 horas acabam adormecendo debaixo da marquise de uma loja na rua Aurora, Centro. A Polícia Federal não revelou o hospital onde os dois foram internados em estado grave, depois de espancados quase até a morte por um grupo de mata-mendigos...

‡‡‡

O AMOR ESTÁ NO AR:

ACHO QUE É POR ISSO
QUE EU ESTOU COM
ESTA PUTA ALERGIA NO OLHO,
OU
A FELICIDADE É UMA VIAGEM,
E NÃO UM DESTINO.

SE HÁ UM TEMA QUE NÃO TINHA COMO ESCAPAR à rede, este tema é o amor. Pobre amor! Este não escapa de nada, nem de música de elevador.

A impontualidade do amor
DE: ‹Martha Medeiros›
ATRIBUÍDO A: ‹Luis Fernando Verissimo›

Você está sozinho. Você e a torcida do Flamengo. Em frente à TV, devora dois pacotes de Doritos enquanto espera o telefone tocar. Bem que podia ser hoje, bem que podia ser agora, um amor novinho em folha.

Trimmm! É sua mãe, quem mais poderia ser? Amor nenhum faz chamadas por telepatia. Amor não atende com hora marcada. Ele pode chegar antes do esperado e encontrar você numa fase galinha, sem disposição para relacionamentos sérios. Ele passa batido e você nem aí. Ou pode chegar tarde demais e encontrar você desiludido da vida, desconfiado, cheio de olheiras. O amor dá meia-volta, volver. Por que o amor nunca chega na hora certa?

Agora, por exemplo, que você está de banho tomado e camisa jeans. Agora, que você está empregado, lavou o carro e está com grana para um cinema. Agora, que você pintou o apartamento, ganhou um porta-retrato e começou a gostar de jazz. Agora que você está com o coração às moscas e morrendo de frio.

O amor aparece quando menos se espera e de onde menos se imagina. Você passa uma festa inteira hipnotizado por alguém que nem lhe enxerga, e mal repara em outro alguém que só tem olhos pra você. Ou então fica arrasado porque não foi pra praia no final de semana. Toda a sua turma está lá, azarando-se uns aos outros. Sentindo-se um ET perdido na cidade grande, você busca refúgio uma locadora de vídeo, sem prever que ali mesmo, na locadora, irá encontrar a pessoa que dará sentido à sua vida. O amor é que nem tesourinha de unhas, nunca está onde a gente pensa.

O jeito é direcionar o radar para norte, sul, leste e oeste. Seu amor pode estar no corredor de um supermercado, pode estar impaciente na fila de um banco, pode estar pechinchando numa livraria, pode estar cantarolando sozinho dentro de um carro. Pode estar aqui mesmo, no computador, dando o maior mole. O amor está em todos os lugares, você que não procura direito.

A primeira lição está dada: o amor é onipresente. Agora a segunda: mas é imprevisível. Jamais espere ouvir 'eu te amo' num jantar à luz de velas, no Dia dos Namorados. Ou receber flores após a primeira transa. O amor odeia clichês. Você vai ouvir 'eu te amo' numa terça-feira, às quatro da tarde, depois de uma discussão, e as flores vão chegar no dia que você tirar carteira de motorista, depois de aprovado no teste de baliza. Idealizar é sofrer. Amar é surpreender.

‡‡‡

----- **Sobre o amor** -----
    DE: ‹Autor Desconhecido›
    ATRIBUÍDO A: ‹Luis Fernando Verissimo›

Numa sala de aula havia várias crianças. Então uma delas perguntou à professora: —— Professora, o que é o amor?

A professora sentiu que a criança merecia uma resposta à altura da pergunta inteligente que fizera. Como já estava na hora do recreio, pediu para que cada aluno desse uma volta pelo pátio da escola e que trouxesse o que mais despertasse nele o sentimento de amor.

As crianças saíram apressadas, e, ao voltarem, a professora disse: — Quero que cada um mostre o que trouxe consigo.

A primeira criança disse: — Eu trouxe esta flor, não é linda?

A segunda criança falou: — Eu trouxe esta borboleta. Veja o colorido de suas asas, vou colocá-la em minha coleção.

A terceira criança completou: — Eu trouxe este filhote de passarinho. Ele havia caído do ninho junto com outro irmão. Não é uma gracinha?

E assim as crianças foram se colocando. Terminada a exposição, a professora notou que havia uma criança que tinha ficado quieta o tempo todo. Ela estava vermelha de vergonha, pois nada havia trazido.

A professora se dirigiu a ela e perguntou:
— Meu bem, por que você nada trouxe?
— Desculpe, professora. Vi a flor e senti o seu perfume, pensei em arrancá-la, mas preferi deixá-la para que seu perfume exalasse por mais tempo. Vi também a borboleta, leve, colorida! Ela parecia tão feliz que não tive coragem de aprisioná-la. Vi também o passarinho caído entre as folhas, mas ao subir na árvore notei o olhar triste de sua mãe e preferi devolvê-lo ao ninho. Portanto, professora, trago comigo o perfume da flor, a sensação de liberdade da borboleta e a gratidão que senti nos olhos da mãe do passarinho. Como posso mostrar o que trouxe?

A professora agradeceu à criança e lhe deu nota máxima, pois ela fora a única que percebera que só podemos trazer o amor no coração.

‡‡‡

----- **Às vezes** -----
DE: ‹Autor Desconhecido›
ATRIBUÍDO A: ‹Luis Fernando Verissimo›
Nota: [*1] e [*2] são finais diferentes; ambos são encontrados na internet.

Às vezes as pessoas que amamos nos magoam, e nada podemos fazer senão continuar nossa jornada com nosso coração machucado.

Às vezes nos falta esperança.

Às vezes o amor nos machuca profundamente, e vamos nos recuperando muito lentamente dessa ferida tão dolorosa.

Às vezes perdemos nossa fé, então descobrimos que precisamos acreditar, tanto quanto precisamos respirar... É nossa razão de existir.

Às vezes estamos sem rumo, mas alguém entra em nossa vida, e se torna nosso destino.

Às vezes estamos no meio de centenas de pessoas, e a solidão aperta nosso coração pela falta de uma única pessoa.

Às vezes a dor nos faz chorar, nos faz sofrer, nos faz querer parar de viver, até que algo toque nosso coração, algo simples como a beleza de um pôr-do-sol, a magnitude de uma noite estrelada, a simplicidade de uma brisa batendo em nosso rosto, é a força da natureza nos chamando para a vida.

Você descobre que as pessoas que pareciam ser sinceras e receberam sua confiança, te traíram sem qualquer piedade.

Você entende que o que para você era amizade, para outros era apenas conveniência, oportunismo.

Você descobre que algumas pessoas nunca disseram 'eu te amo', e por isso nunca fizeram amor, apenas transaram... Descobre também que outras disseram 'eu te amo' uma única vez e agora temem dizer novamente, e com razão, mas, se seu sentimento for sincero, você poderá ajudá-las a reconstruir um coração quebrado.

[*1] Assim, ao conhecer alguém, preste atenção no caminho que essa pessoa percorreu. São fatores importantes:
a) a relação com a família;
b) as condições econômicas nas quais se desenvolveu (dificuldades ou facilidades excessivas formam um caráter);
c) os relacionamentos anteriores e as razões dos rompimentos;
d) seus sonhos, ideais e objetivos.

[*2] Assim, ao conhecer alguém, não deixe de acreditar no amor, mas certifique-se de estar entregando seu coração para alguém que dê valor aos mesmos sentimentos que você dá. Certifique-se de que quando estão juntos aqueles abraços valem mais que qualquer palavra.

Esteja aberto a algumas alterações, mas cuidado, pois se essa pessoa te deixar, então nada irá lhe restar. Tenha sempre em mente que, às vezes, tentar salvar um relacionamento, manter um grande amor, pode ter um preço muito alto se esse sentimento não for recíproco, pois em algum outro momento essa pessoa irá te deixar e seu sofrimento será ainda mais intenso do que teria sido no passado.

Pode ser difícil fazer algumas escolhas, mas muitas vezes isso é necessário. Existe uma diferença muito grande entre conhecer o caminho e percorrê-lo. Não procure querer conhecer seu futuro antes da hora, nem exagere em seu sofrimento. Esperar é dar uma chance à vida para que ela coloque a pessoa certa em seu caminho. A tristeza pode ser intensa, mas jamais será eterna. A felicidade pode demorar a chegar, mas o importante é que ela venha para ficar e não esteja apenas de passagem...

‡‡‡

----- **Precisando de amor** -----
DE: ‹Autor Desconhecido›
ATRIBUÍDO A: ‹Luis Fernando Verissimo›

Quem não gosta de ser amado? Ser paparicado? Receber atenção especial, presentinhos e beijinhos doces? Quem não gosta de surpresinhas gostosas, beijo na boca e abraços apertados? Quem é que de livre e espontânea vontade prefere a solidão a uma boa companhia? Ora, todo mundo quer uma boa companhia e de preferência para todo o sempre. Mas conviver com essa 'boa companhia' diariamente por 3, 5, 10, 15, 25 anos é que é o difícil.

No começo dos relacionamentos e, até um ano de vida amorosa, tudo são mais ou menos flores (se o seu relacionamento tem menos de um ano e já é mais de brigas e discussões, caia fora dessa fria). Não adianta você dizer depois de três meses apenas que 'encontrou o amor de sua vida', porque o amor precisa de convivência para ser devidamente testado.

Nesse mundo maluco e agitado, as pessoas estão se encontrando hoje, se amando amanhã e entrando em crise depois de amanhã. Uma coisa frenética e louca, que tem feito muita gente que se julgava equilibrada perder os parafusos e fazer muita besteira. Paixão, loucura e obsessão, três dos mais perigosos ingredientes que estão crescendo nos relacionamentos de hoje em dia por causa da velocidade das informações e do medo de ficar sozinho.

As pessoas não estão conseguindo conviver sozinhas com seus conflitos, vícios e qualidades, e partem desesperadamente para encontrar alguém, a tal da alma gêmea, e se entregam muitas vezes aos primeiros pares de olhos que piscam para o seu lado. Vale tudo nessa guerra, chat, carta, agência, festas e até roubar o parceiro de alguém. É uma guerra para não ficar sozinho.

Medo, medo de se encarar no espelho e perceber as próprias deficiências, medo de encarar a vida e suas lutas. Então a pessoa consegue alguém (ou acha que está nascendo um grande amor), fecha os olhos para a realidade e começa a viver um sonho. Trancada em si mesma, nos quartos e no seu egoísmo, a pessoa transfere toda a sua carência para o(a) parceiro(a), transfere a responsabilidade de ser feliz para uma pessoa que na verdade ela mal conhece.

Então, um belo dia, vem o espanto, vem a realidade, o caso melado, o 'falso amor' acaba, e você, que apostou todas as suas fichas nesse romance, fica sem chão, sem eira nem beira, e o pior: muitas vezes fica sem vontade de viver.

Pobre povo desse século da pressa! Precisamos urgentemente voltar ao costume 'antigo' de 'ter tempo', de dar um tempo para o tempo nos mostrar quem são as pessoas. Namorar e conhecer e reconhecer. É época de pesquisas, de reconhecimento. Se as pessoas não se derem um tempo, não buscarem se conhecer mais, logo em breve teremos milhares de consultórios lotados de 'depressivos' e cemitérios cada vez mais cheios de suicidas cansados de si mesmos.

Faça um bem para si mesmo e para os outros, quando iniciar um relacionamento: procure dar tempo para tudo, passeie muito de mãos dadas, converse mais sobre gostos e preferências, conheça a família e mostre a sua, descubra os hábitos e costumes.

Parece careta demais? Que nada! Isso é a realidade que pode salvar o relacionamento e muitas vidas. Pense nisso e, se gostar, passe essa mensagem para a frente. Quem sabe se juntos não ajudamos alguém carente de amor a encontrar um motivo para ser feliz?

Muita pretensão? Não, só vontade de te ver feliz. Eu acredito em você! E acredito no amor que faz bem...

‡‡‡

As razões que o amor desconhece

DE: ‹Martha Medeiros›
ATRIBUÍDO A: ‹Roberto Freire; Arnaldo Jabor›
Nota: aparece na internet com o nome 'Crônica do amor louco porém verdadeiro'. Texto comentado por Martha Medeiros (página 155) e por Arnaldo Jabor (página 145). Na internet encontramos versões muito adulteradas, com outras ordens de parágrafos e algumas contribuições anônimas — como a substituição da frase 'ele só ouve música barroca' por 'ele só ouve Egberto Gismonti e Sivuca'.

Você é inteligente. Lê livros, revistas, jornais. Gosta dos filmes do Woody Allen, dos irmãos Coen e do Robert Altman, mas sabe que uma boa comédia romântica também tem o seu valor. É bonita. Seu cabelo nasceu para ser sacudido num comercial de xampu e seu corpo tem todas as curvas no lugar. Independente, emprego fixo, bom saldo no banco. Gosta de viajar, de música, tem loucura por computador e seu fettuccine ao pesto é imbatível. Você tem bom humor, não pega no pé de ninguém e adora sexo. Com um currículo desses, criatura, por que, diabos, está sem um namorado?

Ah, o amor, essa raposa... Quem dera o amor não fosse um sentimento, mas uma equação matemática: eu linda + você inteligente = dois apaixonados.

Não funciona assim. Ninguém ama outra pessoa pelas qualidades que ela possui, caso contrário os honestos, simpáticos e não-fumantes teriam uma fila de pretendentes batendo à porta. O amor não é chegado a fazer contas, não obedece à razão. O verdadeiro amor acontece por empatia, por magnetismo, por conjunção estelar. Costuma ser despertado mais pelas flechas de Cupido que por uma ficha limpa.

Você ama aquele cafajeste. Ele diz que vai ligar e não liga, ele veste o primeiro trapo que encontra no armário, ele só escuta música barroca. Ele não emplaca uma semana nos empregos, está sempre duro e é meio galinha. Ele não tem a menor vocação para príncipe encantado, e ainda assim você não consegue despachá-lo. Quando a mão dele toca na sua nuca, você derrete feito manteiga. Ele toca gaita de boca, adora animais e escreve poemas. Por que você não ama esse cara? Não pergunte pra mim.

Você ama aquela petulante. Você escreveu dúzias de cartas que ela não respondeu, você deu flores que ela deixou a seco, você levou para conhecer a sua mãe e ela foi de blusa transparente. Você gosta de rock e ele de chorinho, você gosta de praia e ela tem alergia a sol, você abomina o Natal e ela detesta o Ano-Novo, nem no ódio vocês combinam. Então? Então, que ela tem um jeito de sorrir que o deixa imobilizado, o beijo dela é mais viciante do que LSD, você adora brigar com ela e ela adora implicar com você. Isso tem nome.

Ninguém ama outra pessoa porque ela é educada, veste-se bem e é fã do Caetano. Isso são só referências. Ama-se pelo cheiro, pelo mistério, pela paz que o outro lhe dá, ou pelo tormento que provoca. Ama-se pelo tom de voz, pela maneira que os olhos piscam, pela fragilidade que se revela quando menos se espera. Amar não requer conhecimento prévio nem consulta ao SPC. Ama-se justamente pelo que o amor tem de indefinível. Honestos existem aos milhares, generosos tem às pencas, bons motoristas e bons pais de família, tá assim, ó. Mas ninguém consegue ser do jeito que o amor da sua vida é.

‡‡‡

----- **Até a rapa** -----
DE: ‹Martha Medeiros›
ATRIBUÍDO A: ‹Arnaldo Jabor›
Nota: texto comentado em crônica pelo próprio Jabor (página 145). Aparece na internet com o título 'Amores mal resolvidos', com algumas mudanças.

Olhe para um lugar onde tenha muita gente: uma praia num domingo de 40 graus, uma estação de metrô, a rua principal do centro da cidade. Pois metade deste povaréu sofre de dor-de-cotovelo. Alguns trazem dores recentes, outros trazem uma dor de estimação, mas o certo é que grande parte desses rostos anônimos tem um amor mal resolvido, uma paixão que não se evaporou completamente, mesmo que já estejam em outra relação.

Por que isso acontece? Eu tenho uma teoria, ainda que eu seja tudo, menos teórica no assunto. Acho que as pessoas não gastam seu amor. Isso mesmo. Os amores que ficam nos assombrando não foram amores consumidos até o fim. Você sabe, o amor acaba. É mentira dizer que não. Uns acabam cedo, outros levam dez ou vinte anos para terminar, talvez até mais. Mas um dia acaba e se transforma em outra coisa: amizade, parceria, parentesco, e essa transição não é dolorida se o amor for devorado até a rapa. Dor-de-cotovelo é quando o amor é interrompido antes que se esgote.

O amor tem que ser vivenciado. Platonismo funciona em novela, mas na vida real demanda muita energia, sem falar do tempo que ninguém tem para esperar. E tem que ser vivido em sua totalidade. É preciso passar por todas etapas: atração-paixão-amor-convivência-amizade-tédio-fim. Como já foi dito, este trajeto do amor pode ser percorrido em algumas semanas ou durar muitos anos, mas é importante que transcorra de ponta a ponta, senão sobra lugar para fantasias, idealizações, enfim, tudo aquilo que nos empaca a vida e nos impede de estarmos abertos para novos amores. Se o amor foi interrompido sem ter atingido o fundo do pote, ficamos imaginando as múltiplas possibilidades de continuidade, tudo o que a gente poderia ter dito e não disse, feito e não fez.

Gaste seu amor. Usufrua-o até o fim. Enfrente os bons e maus momentos, passe por tudo que tiver que passar, não se economize. Sinta todos os sabores que o amor tem, desde o adocicado do início até o amargo do fim, mas não saia da história na metade. Amores precisam dar a volta ao redor de si mesmos, fechando o próprio ciclo. Isso é que libera a gente para ser feliz de novo.

‡‡‡

----- **A dor que dói mais** -----
DE: ‹Martha Medeiros›
ATRIBUÍDO A: ‹Miguel Falabella›
Nota: texto comentado pela própria Martha (página 155).

Trancar o dedo numa porta dói. Bater com o queixo no chão dói. Torcer o tornozelo dói. Um tapa, um soco, um pontapé, doem. Dói bater a cabeça na quina da mesa, dói morder a língua, dói cólica, cárie e pedra no rim. Mas o que mais dói é saudade.

Saudade de um irmão que mora longe. Saudade de uma cachoeira da infância. Saudade do gosto de uma fruta que não se encontra mais. Saudade do pai que já morreu. Saudade de um amigo imaginário que nunca existiu. Saudade de uma cidade. Saudade da gente mesmo, quando se tinha mais audácia e menos cabelos brancos. Doem essas saudades todas.

Mas a saudade mais dolorida é a saudade de quem se ama. Saudade da pele, do cheiro, dos beijos. Saudade da presença, e até da ausência consentida. Você podia ficar na sala e ele no quarto, sem se verem, mas sabiam-se lá. Você podia ir para o aeroporto e ele para o dentista, mas sabiam-se onde. Você podia ficar o dia sem vê-lo, ele o dia sem vê-la, mas sabiam-se amanhã. Mas quando o amor de um acaba, ao outro sobra uma saudade que ninguém sabe como deter.

Saudade é não saber. Não saber mais se ele continua gripando no inverno. Não saber mais se ela continua clareando o cabelo. Não saber se ele ainda usa a camisa que você deu. Não saber se ela foi na consulta com o dermatologista como prometeu. Não saber se ele tem comido frango de padaria, se ela tem assistido às aulas de inglês, se ele aprendeu a entrar na internet, se ela aprendeu a estacionar entre dois carros, se ele continua fumando Carlton, se ela continua preferindo Pepsi, se ele continua sorrindo, se ela continua dançando, se ele continua pescando, se ela continua lhe amando.

Saudade é não saber. Não saber o que fazer com os dias que ficaram mais compridos, não saber como encontrar tarefas que lhe cessem o pensamento, não saber como frear as lágrimas diante de uma música, não saber como vencer a dor de um silêncio que nada preenche.

Saudade é não querer saber. Não querer saber se ele está com outra, se ela está feliz, se ele está mais magro, se ela está mais bela. Saudade é nunca mais saber de quem se ama, e ainda assim, doer.

‡‡‡

----- **Pot-pourri de assuntos** -----
DE: ‹Tatiane Bernardi›
ATRIBUÍDO A: ‹Luis Fernando Verissimo; Arnaldo Jabor›
Nota: publicado originalmente em 2003 na revista TPM. O trecho entre [*1] e [*2] aparece na internet em verso com o título 'Dar não é fazer amor'.

O que escrever para a próxima coluna? Listo prováveis assuntos: o mercado de trabalho, homens que cospem catarros horrorosos pelas ruas, minha bunda, sexo sem amor, a necessidade de ter alguém pra chamar de amor. Demoro um dia inteiro para me decidir, porque sou indecisa. Não me decido por nenhum, porque sou possessiva e filha única: quero todos. Então vamos lá, seguindo a ordem.

Existe um boato por aí que publicitário tem a vida mansa e que todos eles são meio loucos. Isso dá uma coceirinha nos estudantes que acham esse papo muito cool e se matriculam aos montes pelas faculdades do país. Sou redatora publicitária e há dois anos e meio não tenho um salário decente apesar das mais de doze horas trabalhadas por dia. Já mudei de agência seis vezes e já mudei de assunto mais de mil quando amigos e parentes perguntam por que eu não tenho um horário fixo, um salário fixo e um lugar fixo para ir todos os dias. Aturo a crise mundial, a crise do país, a crise do mercado, a crise do mercado publicitário e a crise de meia-idade de colegas de trabalho com seus leões na mesa, suas baleias em casa e a tara por jovenzinhas deslumbradas e em aprendizado.

O boato da loucura é realidade, ninguém normal atura isso tudo. Quanto a ter a vida mansa, que vão todos para a merda antes que eu me esqueça. Não sei de muitas coisas nesta vida, mas aprendi que entre a paixão e o ódio pela propaganda, tem sempre um catarro. Vou andando pelas ruas pensando em todos os lados bons e ruins da minha profissão: eu crio, eu não tenho um trabalho burocrático, chato, operacional, burro, exato. Eu movimento grana, eu emociono, eu faço as pessoas rirem. Plá, uma catarrada. Eu ganho mal, me deram uma porra de um PC em vez de um Mac, eu fico muito tempo sentada e minha bunda tá horrível, plá, outra catarrada.

Por que diabos esses imundos homens cospem essas melequeiras pelas ruas? Por que diabos? Por que diabos? Como eu odeio isso. ODEIO. Onde está escrito que o mundo permite essa escatologia exposta à luz do dia? Às vezes é preciso desviar para não sentir respingarem resquícios da nojeira no peito do pé. Desejo do fundo do meu coração que todos eles sufoquem entalados com suas crias gosmentas e fiquem tão verdes quanto elas.

Mas ainda mais nojento do que escutar aquela chupada suína que precede o plá da catarrada é escutar o sugar de tesão de um escroto qualquer que você nunca viu na vida. É aquele 'sssssssssss delícia', 'uffffffffffffffff gostosa'. Não se anime não, seu neanderthal urbano, que o que você está vendo é apenas o poder de uma calça jeans caríssima, que uma redatora publicitária em começo de carreira com seu salário de merda só pode ter comprado em cinco vezes sem juros. Cê não tá vendo, querido, que por trás disso é apenas a bunda de uma redatora publicitária que sofre várias crises de mercado e não tem tempo para uma academia? Tá caída, mermão! Já não é mais a mesma. Aliás, isso me lembrou a propaganda, mas este assunto já deu.

E por falar em dar... [*1] dar não é fazer amor. Dar é dar. Fazer amor é lindo, é sublime, é encantador, é esplêndido, mas dar é bom pra cacete. Dar é aquela coisa que alguém te puxa os cabelos da nuca, te chama de nomes que eu não escreveria, não te vira com delicadeza, não sente vergonha de ritmos animais. Dar é bom. Melhor do que dar, só dar por dar. Dar sem querer casar, sem querer apresentar pra mãe, sem querer dar o primeiro abraço no Ano-Novo. Dar porque o cara te esquenta a coluna vertebral, te amolece o gingado, te molha o instinto. Dar porque a vida de uma publicitária em começo de carreira é estressante e dar relaxa. Dar porque, se você não der para ele hoje, vai dar amanhã, ou depois de amanhã. Tem caras para quem você vai acabar dando, não tem jeito. Dar sem esperar ouvir promessas, sem esperar ouvir carinhos, sem esperar ouvir futuro.

Dar é bom. Na hora. Durante um mês. Para as mais desavisadas, talvez por anos. Mas dar é dar demais e ficar vazia. Dar é não ganhar. É não ganhar um 'eu te amo' baixinho, perdido no meio do escuro. É não ganhar uma mão no ombro quando o caos da cidade parece querer te abduzir. É não ter alguém pra querer casar, para apresentar pra mãe, pra dar o primeiro abraço de Ano-Novo e pra falar: 'Que cê acha, amor?' Dar é inevitável, dê mesmo, dê sempre, dê muito. Mas dê mais ainda, muito mais do que qualquer coisa, uma chance ao amor, esse sim é o maior tesão. Esse sim relaxa, cura o mau humor, ameniza todas as crises e faz você flutuar o suficiente pra nem perceber as catarradas na rua. [*2]

‡‡‡

DE ONDE VIEMOS?
PARA ONDE VAMOS?
QUEM PAGA AS PASSAGENS?

ACIMA DE TUDO, LEMBREMO-NOS DE QUE UM AMADOR SOLITÁRIO CONSTRUIU A ARCA, AO PASSO QUE O TITANIC FOI CONSTRUÍDO POR UMA PODEROSA EQUIPE DE ESPECIALISTAS. E O CAMELO FOI CRIADO POR UM GRUPO DE TRABALHO, MAS ESSA É OUTRA HISTÓRIA.

QUANDO A FILOSOFIA VIROU ARTIGO DE CONSUMO DE MASSA, nossas caixas de correio foram condenadas à morte. Subitamente, a internet em peso descobriu Os Grandes Temas da Vida, alinhavou meia dúzia de lugares-comuns, preencheu as lacunas com textos encontrados aqui e ali, sacou da algibeira os nomes de sempre e espalhou aos quatro ventos a Súmula do Pensamento do Internauta Doido.

----- **Mulher, sua origem e seu fim** -----
    DE: ‹Autor Desconhecido›
    ATRIBUÍDO A: ‹Luis Fernando Verissimo›
    Nota: texto encontrado em diferentes versões, sendo esta a mais completa.

Existem várias lendas sobre a origem da mulher. Uma diz que Deus pôs o primeiro homem para dormir — inaugurando assim a anestesia geral —, tirou uma de suas costelas e com ela fez a primeira mulher. E que a primeira provação de Eva foi cuidar de Adão e agüentar o seu mau humor enquanto ele convalescia da operação.

Uma variante dessa lenda diz que Deus, com seu prazo para a Criação estourado, fez o homem às pressas, pensando 'Depois eu melhoro', e mais tarde, com o tempo, fez um homem mais bem-acabado, que chamou Mulher, que é 'melhor' em aramaico.

Outra lenda diz que Deus fez a mulher primeiro, e caprichou nas suas formas, e aparou aqui e tirou dali, e com o que sobrou fez o homem só para não jogar barro fora. Zeus teria arrancado a mulher de sua própria cabeça.

Alguns povos nórdicos cultivam o mito da Grande Ursa Olga, origem de todas as mulheres do mundo, o que explica o fato de as mulheres se enrolarem periodicamente em pêlos de animais, cedendo a um incontrolável impulso atávico, nem que seja só para experimentar, na loja, e depois quase desmaiar com o preço.

Em certas tribos nômades do Oriente Médio ainda se acredita que a mulher foi originariamente um camelo, que, na ânsia de servir a seu mestre de todas as maneiras, foi se transformando até adquirir sua forma atual.

No Extremo Oriente existe a lenda de que as mulheres caem do céu, já de quimono. E em certas partes do Ocidente persiste a crença de que mulher se compra através dos classificados, podendo-se escolher idade, cor da pele e tipo de massagem.

Todas estas lendas, claro, têm pouco a ver com a verdade científica. Hoje se sabe que o Homem é o produto de um processo evolutivo que começou com a primeira ameba a sair do mar primevo, e é o descendente direto de uma linha específica de primatas, tendo passado por várias fases até atingir o seu estágio atual — e aí encontrar a Mulher, que ninguém ainda sabe de onde veio. É certamente ridículo pensar que as mulheres também descendem de macacos. A minha mãe, não!

Uma das teses mais aceitáveis sobre o papel da mulher na evolução do homem é a de que o primeiro encontro entre os dois se deu no período paleolítico, quando um *Homo sapiens*, mas não muito, chamado, possivelmente, Ugh, saiu para caçar e avistou, sentado numa pedra e penteando os cabelos, um ser que lhe provocou o seguinte pensamento, em linguagem de hoje: 'Isso é que é mulher e não aquilo que tenho na caverna.' Ugh aproximou-se da mulher e, naquele seu jeitão, deu a entender que queria procriar com ela. 'Agh maakgromgrom', ou coisa parecida. A mulher olhou-o de cima a baixo e desatou a rir.

É preciso lembrar que Ugh, embora fosse até bem-apessoado pelos padrões da época, era pouco mais do que um animal aos olhos da mulher. Tinha a testa estreita e as mandíbulas pronunciadas e usava gordura de mamute nos cabelos. A mulher disse alguma coisa como 'Você não se enxerga, não?' e afastou-se, enojada, deixando Ugh desolado. Antes dela desaparecer por completo, Ugh ainda gritou: 'Espera uns dez mil anos pra você ver!', e, de volta à caverna, exortou seus companheiros a aprimorarem o processo evolutivo.

Desde então, o objetivo da evolução do homem foi o de proporcionar um par à altura para a mulher, para que, vendo o casal, ninguém dissesse que ela só saía com ele pelo dinheiro, ou para espantar assaltantes. Se não fosse por aquele encontro fortuito em alguma planície do mundo primitivo, o homem ainda seria o mesmo troglodita desleixado e sem ambição, interessado apenas em caçar e catar seus piolhos, e um fracasso social.

Mas, de onde veio a primeira mulher, já que podemos descartar tanto a evolução quanto as fantasias religiosas e mitológicas sobre sua criação? Inclino-me para a tese da origem extraterrena. A mulher viria (isto é pura especulação, claro) de outro planeta.

Venho observando-as durante anos — inclusive casei com uma, para poder estudá-las mais de perto — e julgo ter colecionado provas irrefutáveis de que elas não são deste mundo. Observei que elas não têm os mesmos instintos que nós, e volta e meia são surpreendidas em devaneio, como que captando ordens de outra galáxia, embora disfarcem e digam que só estavam pensando no jantar. Têm uma lógica completamente diferente da nossa. Ultimamente têm tentado dissimular sua peculiaridade, assumindo atitudes masculinas e fazendo coisas — como dirigir grandes empresas e xingar a mãe do motorista ao lado — impensáveis há alguns anos, o que só aumenta a suspeita de que se trata de uma estratégia para camuflar nossas diferenças, que estavam começando a dar na vista.

Quando comentamos o fato, nos acusam de machistas, presos a preconceitos e incapazes de reconhecer seus direitos, ou então roçam a nossa nuca com o nariz, dizendo coisas como 'ioink, ioink', que nos deixam arrepiados e sem argumentos. Claramente combinaram isto.

Estão sempre combinando maneiras novas de impedir que se descubra que são alienígenas e têm desígnios próprios para a nossa terra. É o que fazem quando vão, todas juntas, ao banheiro, sabendo que não podemos ir atrás para ouvir. Muitas vezes, mesmo na nossa presença, falam uma linguagem incompreensível que só elas entendem, obviamente um código para transmitir instruções do Planeta Mãe.

E têm seus golpes baixos. Seus truques covardes. Seus olhos laser, claros ou profundamente escuros, suas bocas. Meu Deus, algumas até sardas no nariz. Seus seios, aqueles mísseis inteligentes. Aquela curva suave da coxa quando está chegando no quadril, e a Convenção de Genebra não vê isso! E as armas químicas — perfumes, loções, cremes. São de uma civilização superior, o que podem nossos tacapes contra os seus exércitos de encantos? Breve dominarão o mundo. Breve saberemos o que elas querem.

Se depois de sair este artigo eu for encontrado morto com sinais de ter sido carinhosamente asfixiado, com um sorriso, minha tese está certa. Se nada me acontecer, é sinal de que a tese está certa, mas elas não temem mais o desmascaramento. O que elas querem, afinal?

Se a mulher realmente veio ao mundo para inspirar o homem a melhorar e ser digno dela, pode ter chegado à conclusão de que falhou, que este velho guerreiro nunca tomará jeito. Continuaremos a ser mulheres com defeito, uma experiência menor num planeta inferior. O que sugere a possibilidade de que, assim como veio, a mulher está pronta a partir, desiludida conosco.

E se for isso que elas conspiram nos banheiros? A retirada? Seríamos abandonados à nossa própria estupidez. Elas levariam as suas filhas e nos deixariam com caras de Ugh. Posso ver o fim da nossa espécie. Nossos melhores cientistas abandonando tudo e se dedicando a intermináveis testes com a costela, depois de desistir da mulher sintética. Tentando recriar a mágica da criação. Uma mulher, qualquer mulher, de qualquer jeito.

Prometemos que desta vez não as decepcionaremos. Uma mulher! Como é que se faz uma mulher?

‡‡‡

----- **Bunda dura** -----

DE: ‹Autor Desconhecido›
ATRIBUÍDO A: ‹Arnaldo Jabor›
Nota: *texto comentado em crônica pelo próprio Jabor (páginas 145 e 148). O texto que encontramos tem algumas diferenças em relação ao que Jabor cita. O que prova que 'Bunda dura', como tantos dos seus colegas apócrifos, sofreu alterações ao longo de suas andanças pela internet.*

Tenho horror a mulher perfeitinha. Sabe aquele tipo que faz escova toda manhã, tá sempre na moda e é tão sorridente que parece garota-propaganda de processo de clareamento dentário? E, só pra piorar, tem a bunda dura? Pois então, mulheres assim são um porre. Pior: são brochantes. Sou louco? Então tá, mas posso provar a minha tese. Quer ver?

a) Escova toda manhã. A fulana acorda às seis da matina pra deixar o cabelo parecido com o da Patrícia de Sabrit. Perde momentos imprescindíveis de rolamento na cama, encoxamento do namorado, pegação, pra encaixar-se no padrão 'Alisabel é que é legal'. Burra.

b) Na moda. Estilo pessoal, pra ela, é o que aparece nos anúncios da *Elle* do mês. Você vê-la de shortinho, camiseta surrada e cabelo preso? JAMAIS! O que indica uma coisa: ela não vai querer ficar 'desarrumada' nem enquanto tiver transando. É capaz até de fazer pose em busca do melhor ângulo perante o espelho do quarto. Credo!

c) Sorriso incessante. Ela mora na vila dos Smurfs? Tá fazendo treinamento pra Hebe? Sou antipático com orgulho — só sorrio para quem provoca meu sorriso. Não gostou? Problema seu. Isso se chama autenticidade, meu caro. Coisa que, pra perfeitinha, não existe. Aliás, ela nem sabe o que a palavra significa, coitada.

d) Bunda dura. As muito gostosas são muito chatas. Pra manter aquele corpão, comem alface e tomam isotônico (isso quando não enfiam o dedo na garganta pra se livrar das duas calorias que ingeriram), portanto não vão acompanhá-lo nos pasteizinhos nem na porção de bolinho de arroz do sabadão. Bebida dá barriga e ela tem HORROR a qualquer carninha saindo da calça de cintura tão baixa que o cós acaba onde começa a pornografia: nada de tomar um bom vinho com você. Cerveja? Esquece! Melhor convidar o Jorjão.

Pois é, ela é um tesão. Mas não curte sexo porque desglamouriza, se veste feito um manequim de vitrine do Iguatemi, acha inadmissível você apalpar a bunda dela em público, nunca toma porre e só sabe contar até quinze, que é até onde chega a seqüência de bíceps e tríceps. Que beleza de mulher. E você reparou naquela bunda? Meu deus..

Legal mesmo é mulher de verdade. E daí se ela tem celulite? O senso de humor compensa. Pode ter uns quilinhos a mais, mas é uma ótima companheira de bebedeira. Pode até ser meio mal-educada quando você larga a cueca no meio da sala, mas adora sexo. Porque celulite, gordurinhas e desorganização têm solução (e, às vezes, nem chegam a ser um problema). Mas ainda não criaram um remédio pra futilidade. Nem pra dela, nem pra sua.

‡‡‡

----- **Nada como a simplicidade** -----
DE: ‹Autor Desconhecido›
ATRIBUÍDO A: ‹Luis Fernando Verissimo›

Quando tinha 14 anos, esperava ter uma namorada algum dia.

Quando tinha 16 anos, tive uma namorada, mas não tinha paixão. Então percebi que precisava de uma mulher apaixonada, com vontade de viver. Na faculdade, saí com uma mulher apaixonada, mas era emocional demais. Tudo era terrível, era a rainha dos problemas, chorava o tempo todo e ameaçava de se suicidar. Descobri que precisava uma mulher estável.

Quando tinha 25, encontrei uma mulher bem estável, mas chata. Era totalmente previsível e nunca nada a excitava. A vida tornou-se tão monótona que decidi que precisava de uma mulher mais excitante.

Aos 28, encontrei uma mulher excitante, mas não consegui acompanhá-la. Ia de um lado para o outro sem se deter em lugar nenhum. Fazia coisas impetuosas, paquerava qualquer um, o que me fez sentir tão miserável quanto feliz. No começo foi divertido e eletrizante, mas sem futuro. Decidi buscar uma mulher com alguma ambição.

Quando cheguei nos 31, encontrei uma mulher inteligente, ambiciosa e com os pés no chão. Casei com ela. Era tão ambiciosa que pediu o divórcio e ficou com tudo o que eu tinha.

Hoje, com 40 anos, gosto de mulheres com bunda grande... E só!
Nada como a simplicidade.

‡‡‡

----- **O velório** -----
 DE: ‹Autor Desconhecido›
 ATRIBUÍDO A: ‹Luis Fernando Verissimo›

Um dia, quando os funcionários chegaram para trabalhar, encontraram na portaria um cartaz enorme no qual estava escrito:
FALECEU ONTEM A PESSOA QUE IMPEDIA O SEU CRESCIMENTO NA EMPRESA. VOCÊ ESTÁ CONVIDADO PARA O VELÓRIO NA QUADRA DE ESPORTES.

No início, todos se entristeceram com a morte de alguém, mas, depois de algum tempo, ficaram curiosos para saber quem estava bloqueando seu crescimento na empresa. A agitação na quadra de esportes era tão grande que foi preciso chamar os seguranças para organizar a fila do velório.

Conforme as pessoas iam se aproximando do caixão, a excitação aumentava: — Quem será que estava atrapalhando o meu progresso? Ainda bem que esse infeliz morreu!

Um a um, os funcionários, agitados, aproximavam-se do caixão, olhavam o defunto e engoliam em seco. Ficavam no mais absoluto silêncio, como se tivessem sido atingidos no fundo da alma.

Pois bem, no visor do caixão havia um espelho... e cada um via a si mesmo... Só existe uma pessoa capaz de limitar seu crescimento: você mesmo! Você é a única pessoa que pode fazer a revolução de sua vida. Você é a única pessoa que pode prejudicar a sua vida. Você é a única pessoa que pode ajudar a si mesmo.

‡‡‡

----- **Dez coisas que levei anos para aprender** -----
    DE: ‹Autor Desconhecido›
    ATRIBUÍDO A: ‹Luis Fernando Verissimo›

1. Jamais, sob quaisquer circunstâncias, tome um remédio para dormir e um laxante na mesma noite.
2. Se você tivesse que identificar, em uma palavra, a razão pela qual a raça humana ainda não atingiu (e nunca atingirá) todo o seu potencial, essa palavra seria 'reuniões'.
3. Há uma linha muito tênue entre 'hobby' e 'doença mental'.
4. As pessoas que querem compartilhar as visões religiosas delas com você quase nunca querem que você compartilhe as suas com elas.
5. Não confunda nunca sua carreira com sua vida.
6. Ninguém liga se você não sabe dançar. Levante e dance.
7. A força mais destrutiva do universo é a fofoca.
8. Uma pessoa que é boa com você, mas grosseira com o garçom, não pode ser uma boa pessoa. (Esta é muito importante. Preste atenção. Nunca falha.)
9. Seus amigos de verdade amam você de qualquer jeito.
10. Nunca tenha medo de tentar algo novo. Lembre-se de que um amador solitário construiu a Arca. Um grande grupo de profissionais construiu o Titanic.

----- **Oração dos estressados** -----
  DE: ‹Autor Desconhecido›
  ATRIBUÍDO A: ‹Luis Fernando Verissimo›

Senhor, dê-me serenidade para aceitar as coisas que não posso mudar, coragem para mudar as coisas que não posso aceitar, e sabedoria para esconder os corpos daquelas pessoas que eu tiver que matar por estarem me enchendo muito o saco.

Também, me ajude a ser cuidadoso com os calos em que piso hoje, pois eles podem estar diretamente conectados aos sacos que terei que puxar amanhã.

Ajude-me, sempre, a dar 100% de mim no meu trabalho: 12% na segunda-feira, 23% na terça-feira, 40% na quarta-feira, 20% na quinta-feira e 5% na sexta-feira.

E — ajude-me sempre a lembrar — quando estiver tendo um dia realmente ruim e todos parecerem estar me enlouquecendo, que são necessários 42 músculos para socar alguém, 17 para sorrir e apenas quatro para estender meu dedo médio e mandá-los para 'aquele lugar'...

‡‡‡

----- **Quase** -----
  DE: ‹Sarah Westphal›
  ATRIBUÍDO A: ‹Luis Fernando Verissimo›
  Nota: texto comentado em crônica pelo próprio Verissimo (página 157).

Ainda pior que a convicção do não e a incerteza do talvez é a desilusão de um quase.

É o quase que me incomoda, que me entristece, que me mata trazendo tudo que poderia ter sido e não foi.

Quem quase ganhou ainda joga, quem quase passou ainda estuda, quem quase morreu está vivo, quem quase amou não amou.

Basta pensar nas oportunidades que escaparam pelos dedos, nas chances que se perdem por medo, nas idéias que nunca sairão do papel por essa maldita mania de viver no outono.

Pergunto-me, às vezes, o que nos leva a escolher uma vida morna; ou melhor, não me pergunto, contesto. A resposta eu sei de cor: está estampada na distância e frieza dos sorrisos, na frouxidão dos abraços, na indiferença dos 'Bom-dias', quase que sussurrados. Sobra covardia e falta coragem até pra ser feliz.

A paixão queima, o amor enlouquece, o desejo trai.

Talvez esses fossem bons motivos para decidir entre a alegria e a dor, sentir o nada. Mas não são. Se a virtude estivesse mesmo no meio-termo, o mar não teria ondas, os dias seriam nublados e o arco-íris em tons de cinza.

O nada não ilumina, não inspira, não aflige nem acalma, apenas amplia o vazio que cada um traz dentro de si.

Não é que a fé mova montanhas, nem que todas as estrelas estejam ao alcance. Para as coisas que não podem ser mudadas, resta-nos somente paciência; porém, preferir a derrota prévia à dúvida da vitória é desperdiçar a oportunidade de merecer.

Pros erros há perdão; pros fracassos, chance; pros amores impossíveis, tempo.

De nada adianta cercar um coração vazio ou economizar alma. Um romance cujo fim é instantâneo ou indolor não é romance.

Não deixe que a saudade sufoque, que a rotina acomode, que o medo impeça de tentar.

Desconfie do destino e acredite em você. Gaste mais horas realizando que sonhando, fazendo que planejando, vivendo que esperando, porque, embora quem quase morre esteja vivo, quem quase vive já morreu.

‡‡‡

----- **Marionete** -----
    DE: ‹Johnny Welch›
    ATRIBUÍDO A: ‹Gabriel García Márquez›

Se, por um instante, Deus se esquecesse de que sou uma marionete de trapo e me presenteasse com um pedaço de vida, possivelmente não diria tudo o que penso, mas, certamente, pensaria tudo o que digo. Daria valor às coisas, não pelo que valem, mas pelo que significam. Dormiria pouco, sonharia mais, pois sei que, a cada minuto que fechamos os olhos, perdemos sessenta segundos de luz. Andaria quando os demais parassem, acordaria quando os outros dormem. Escutaria quando os outros falassem e gozaria um bom sorvete de chocolate.

Se Deus me presenteasse com um pedaço de vida, vestiria simplesmente, me jogaria de bruços no solo, deixando a descoberto não apenas meu corpo, como minha alma.

Deus meu, se eu tivesse um coração, escreveria meu ódio sobre o gelo e esperaria que o sol saísse. Pintaria com as cores de Van Gogh, sobre as estrelas de um poema de Mario Benedetti, e uma canção de Serrat seria a serenata que ofereceria à Lua. Regaria as rosas com minhas lágrimas para sentir a dor dos espinhos e o encarnado beijo de suas pétalas.

Deus meu, se eu tivesse um pedaço de vida, não deixaria passar um só dia sem dizer às gentes: 'Te amo, te amo.' Convenceria cada mulher e cada homem de que são os meus favoritos e viveria enamorado do amor. Aos homens, lhes provaria como estão enganados ao pensar que deixam de se apaixonar quando envelhecem, sem saber que envelhecem quando deixam de se apaixonar. A uma criança, lhe daria asas, mas deixaria que aprendesse a voar sozinha. Aos velhos, ensinaria que a morte não chega com a velhice, mas com o esquecimento. Tantas coisas aprendi com vocês, os homens...

Aprendi que todo mundo quer viver no cimo da montanha, sem saber que a verdadeira felicidade está na forma de subir a escarpa. Aprendi que quando um recém-nascido aperta com sua pequena mão pela primeira vez o dedo de seu pai, o tem prisioneiro para sempre. Aprendi que um homem só tem o direito de olhar um outro de cima para baixo para ajudá-lo a levantar-se.

São tantas as coisas que pude aprender com vocês, mas, finalmente, não poderão servir muito, porque, quando me olharem dentro dessa maleta, infelizmente estarei morrendo.

‡‡‡

----- **Entrevista com Deus** -----
    DE: ‹Autor Desconhecido›
    ATRIBUÍDO A: ‹Luis Fernando Verissimo›

Sonhei que tinha marcado uma entrevista com Deus.

— Entre — falou Deus. — Então, você gostaria de me entrevistar?
— Se tiver um tempinho — disse eu.
DEUS sorriu e falou: — Meu tempo é eterno, suficiente para fazer todas as coisas; que perguntas você tem em mente?
— O que mais o surpreende na humanidade? — perguntei.
Deus respondeu: — Que se aborreçam de ser crianças e queiram logo crescer, e aí desejam ser crianças outra vez. Que desperdicem a saúde para fazer dinheiro e aí percam dinheiro para restaurar a saúde. Que pensem ansiosamente sobre o futuro, esqueçam o presente e, dessa forma, não vivam nem o presente, nem o futuro. Que vivam como se nunca fossem morrer e que morram como se nunca tivessem vivido. Em seguida, a mão de Deus segurou a minha e por um instante ficamos silenciosos... então eu perguntei: — Pai quais são as lições de vida que deseja que seus filhos aprendam?

Com um sorriso, Deus respondeu: — Que aprendam que não podem fazer com que ninguém os ame. O que podem fazer é que se deixem amar. Que aprendam que o mais valioso não é o que se tem na vida, mas quem se tem na vida. Que aprendam que não é bom se compararem uns com os outros. Todos serão julgados individualmente sobre seus próprios méritos, não como um grupo na base da comparação! Que aprendam que uma pessoa rica não é a que tem mais, mas a que precisa menos. Que aprendam que só é preciso alguns segundos para abrir profundas feridas nas pessoas amadas e que é necessário muitos anos para curá-las. Que aprendam a perdoar, praticando o perdão. Que aprendam que há pessoas que os amam muito, mas que simplesmente não sabem como expressar ou demonstrar seus sentimentos. Que aprendam que dinheiro pode comprar tudo, exceto felicidade. Que aprendam que duas pessoas podem olhar para a mesma coisa e vê-las totalmente diferente. Que aprendam que um amigo verdadeiro é alguém que sabe tudo sobre você e gosta de você mesmo assim. Que aprendam que não é suficiente que eles sejam perdoados, mas que se perdoem a si mesmos.

Por um tempo, permaneci sentado, desfrutando aquele momento. Agradeci a Ele pelo seu tempo e por todas as coisas que Ele tem feito por mim e pela minha família. Ele respondeu: — Não tem de quê. Estou sempre aqui, vinte e quatro horas por dia. Tudo o que você tem a fazer é chamar por mim e Eu virei. Você pode esquecer o que Eu disse. Você pode esquecer o que Eu fiz, mas jamais você esquecerá como Eu te fiz sentir com essas palavras.

‡‡‡

----- **Vida** -----
    DE: ‹Autor Desconhecido›
    ATRIBUÍDO A: ‹Henfil›

Por muito tempo eu pensei que a minha vida fosse se tornar uma vida de verdade. Mas sempre havia um obstáculo no caminho, algo a ser ultrapassado antes de começar a viver, um trabalho não terminado, uma conta a ser paga. Aí sim, a vida de verdade começaria.

Por fim, cheguei à conclusão de que esses obstáculos eram a minha vida de verdade. Essa perspectiva tem me ajudado a ver que não existe um caminho para a felicidade. A felicidade é o caminho!

Assim, aproveite todos os momentos que você tem. E aproveite-os mais se você tem alguém especial para compartilhar, especial o suficiente para passar seu tempo; e lembre-se que o tempo não espera ninguém.

Portanto, pare de esperar até que você termine a faculdade; até que você volte para a faculdade; até que você perca cinco quilos; até que você ganhe cinco quilos; até que você se case; até que você se divorcie; até sexta à noite; até o próximo verão, outono, inverno; até que a sua música toque; até que você tenha terminado seu drinque; e decida que não há hora melhor para ser feliz do que AGORA MESMO.

Lembre-se: felicidade é uma viagem, não um destino.

☦☦☦

----- **Felicidade realista** -----
    DE: ‹Martha Medeiros›
    ATRIBUÍDO A: ‹Mário Quintana›
    Nota: o parágrafo após [*1] não está no texto original, aparece apenas em versões apócrifas ou com autoria trocada.

De leste a oeste, de norte a sul, todo mundo quer ser feliz. Não é tarefa das mais fáceis. A princípio, bastaria ter saúde, dinheiro e amor, o que já é um pacote louvável, mas nossos desejos são ainda mais complexos.

Não basta que a gente esteja sem febre: queremos, além de saúde, ser magérrimos, sarados, irresistíveis. Dinheiro? Não basta termos para pagar o aluguel, a comida e o cinema: queremos a piscina olímpica, a bolsa Louis Vuitton e uma temporada num spa cinco estrelas. E quanto ao amor? Ah, o amor... não basta termos alguém com quem podemos conversar, dividir uma pizza e fazer sexo de vez em quando. Isso é pensar pequeno: queremos

AMOR, todinho maiúsculo. Queremos estar visceralmente apaixonados, queremos ser surpreendidos por declarações e presentes inesperados, queremos jantar à luz de velas de segunda a domingo, queremos sexo selvagem e diário, queremos ser felizes assim e não de outro jeito.

É o que dá ver tanta televisão. Simplesmente esquecemos de tentar ser felizes de uma forma mais realista. Por que só podemos ser felizes formando um par, e não como ímpares? Ter um parceiro constante não é sinônimo de felicidade, a não ser da felicidade de estar correspondendo às expectativas da sociedade, mas isso é outro assunto. Você pode ser feliz solteiro, feliz com uns romances ocasionais, feliz com três parceiros, feliz sem nenhum. Não existe amor minúsculo, principalmente quando se trata de amor-próprio.

Dinheiro é uma benção. Quem tem precisa aproveitá-lo, gastá-lo, usufruí-lo. Não perder tempo juntando, juntando, juntando. Apenas o suficiente para se sentir seguro, mas não aprisionado. E se a gente tem pouco, é com este pouco que vai tentar segurar a onda, buscando coisas que saiam de graça, como um pouco de humor, um pouco de fé e um pouco de criatividade.

Ser feliz de uma forma realista é fazer o possível e aceitar o improvável. Fazer exercícios sem almejar passarelas, trabalhar sem almejar o estrelato, amar sem almejar o eterno. Olhe para o relógio: hora de acordar. É importante pensar-se ao extremo, buscar lá dentro o que nos mobiliza, instiga e conduz, mas sem exigir-se desumanamente. A vida não é um game onde só quem testa seus limites é que leva o prêmio. Não sejamos vítimas ingênuas desta tal competitividade. Se a meta está alta demais, reduza-a. Se você não está de acordo com as regras, demita-se. Invente seu próprio jogo.

[*1] Faça o que for necessário para ser feliz. Mas não se esqueça de que a felicidade é um sentimento simples, você pode encontrá-la e deixá-la ir embora por não perceber sua simplicidade. Ela transmite paz e não sentimentos fortes, que nos atormenta e provoca inquietude no nosso coração. Isso pode ser alegria, paixão, entusiasmo, mas não felicidade...

‡‡‡

----- **Envelhecer** -----
　　DE: ‹Autor Desconhecido›
　　ATRIBUÍDO A: ‹Caetano Veloso›

Envelheço, quando me fecho para as novas idéias e me torno radical.
Envelheço, quando o novo me assusta e minha mente insiste em não aceitar.
Envelheço, quando me torno impaciente, intransigente e não consigo dialogar.
Envelheço, quando meu pensamento abandona sua casa e retorna sem nada a acrescentar.
Envelheço, quando muito me preocupo e depois me culpo porque não tinha tantos motivos para me preocupar.
Envelheço, quando penso demasiadamente em mim mesmo e conseqüentemente me esqueço dos outros.
Envelheço, quando penso em ousar e já antevejo o preço que terei que pagar pelo ato, mesmo que os fatos insistam em me contrariar.
Envelheço, quando tenho a chance de amar e deixo o coração, que se põe a pensar:
Será que vale a pena correr o risco de me dar?
Será que vai compensar?
Envelheço, quando permito que o cansaço e o desalento tomem conta da minha alma que se põe a lamentar.
Envelheço, enfim, quando paro de lutar!!
'Gente é pra brilhar.'

‡‡‡

----- **Solidão** -----
　　DE: ‹Autor Desconhecido›
　　ATRIBUÍDO A: ‹Chico Buarque›

Solidão não é a falta de gente para conversar, namorar, passear ou fazer sexo... Isto é carência.
Solidão não é o sentimento que experimentamos pela ausência de entes queridos que não podem mais voltar... Isto é saudade.
Solidão não é o retiro voluntário que a gente se impõe, às vezes, para

realinhar os pensamentos... Isto é equilíbrio.
Solidão não é o claustro involuntário que o destino nos impõe compulsoriamente para que revejamos a nossa vida... Isto é um princípio da natureza.
Solidão não é o vazio de gente ao nosso lado... Isto é circunstância.
Solidão é muito mais do que isto.
Solidão é quando nos perdemos de nós mesmos e procuramos em vão pela nossa alma.

‡‡‡

----- O que faz bem à saúde -----
DE: ‹Martha Medeiros›
ATRIBUÍDO A: ‹Luis Fernando Verissimo›

Cada semana, uma novidade. A última foi que pizza previne câncer do esôfago. Acho a maior graça. Tomate previne isso, cebola previne aquilo, chocolate faz bem, chocolate faz mal, um cálice diário de vinho não tem problema, qualquer gole de álcool é nocivo, tome água em abundância, mas peraí, não exagere... Diante desta profusão de descobertas, acho mais seguro não mudar de hábitos. Sei direitinho o que faz bem e o que faz mal pra minha saúde.

Prazer faz muito bem. Dormir me deixa okm. Ler um bom livro faz eu me sentir nova em folha. Viajar me deixa tensa antes de embarcar, mas depois eu rejuveneço uns 5 anos. Vôos aéreos não me incham as pernas, me incham o cérebro, volto cheia de idéias.

Brigar me provoca arritmia cardíaca. Ver pessoas tendo acessos de estupidez me embrulha o estômago. Testemunhar gente jogando lata de cerveja pela janela do carro me faz perder toda a fé no ser humano. E telejornais os médicos deveriam proibir — como doem!

Essa história de que sexo faz bem pra pele acho que é conversa, mas mal tenho certeza de que não faz, então, pode-se abusar. Caminhar faz bem, dançar faz bem, ficar em silêncio quando uma discussão está pegando fogo faz muito bem: você exercita o autocontrole e ainda acorda no outro dia sem se sentir arrependido de nada.

Acordar de manhã arrependido do que disse ou do que fez ontem à noite é prejudicial a saúde. E passar o resto do dia sem coragem para pedir desculpas, pior ainda. Não pedir perdão pelas nossas mancadas dá câncer, não há tomate ou muzzarela que previna.

Ir ao cinema, conseguir um lugar central nas fileiras do fundo, não ter ninguém atrapalhando sua visão, nenhum celular tocando e o filme ser excepcionalmente bom, uau! Cinema é melhor pra saúde do que pipoca. Conversa é melhor do que piada. Beijar é melhor do que fumar. Exercício é melhor do que cirurgia. Humor é melhor do que rancor. Amigos são melhores do que gente influente. Economia é melhor do que dívida. Pergunta é melhor do que dúvida.

Tomo pouca água, bebo mais de um cálice de vinho por dia, faz dois meses que não piso na academia, mas tenho dormido bem, trabalhado bastante, encontrado meus amigos, ido ao cinema e confiado que tudo isso pode me levar a uma idade avançada. Sonhar é melhor do que nada.

‡‡‡

----- **Como conseguimos sobreviver?** -----
    DE: ‹Autor Desconhecido›
    ATRIBUÍDO A: ‹Luis Fernando Verissimo›

Pensando bem, é difícil acreditar que estejamos vivos até hoje!

Quando éramos pequenos, viajávamos de carro, sem cintos de segurança, sem ABS e sem airbag! Os vidros de remédio ou as garrafas de refrigerantes não tinham nenhum tipo de tampinha especial... Nem data de validade... E tinha também aquelas bolinhas de gude... Que vinham embaladas sem instrução de uso. A gente bebia água da chuva, da torneira e nem conhecia água engarrafada! Que horror! A gente andava de bicicleta sem usar nenhum tipo de proteção... E passávamos nossas tardes construindo nossas pipas ou nossos carrinhos de rolimã. A gente se jogava nas ladeiras e esquecia que não tinha freios até que déssemos de cara com a calçada ou com uma árvore... E depois de muitos acidentes de percurso, aprendíamos a resolver o problema... SOZINHOS!

Nas férias, saíamos de casa de manhã e brincávamos o dia todo; nossos pais às vezes não sabiam exatamente o perigo. Não existiam os celulares! Incrível! A gente procurava encrenca. Quantos machucados, ossos quebrados e dentes moles dos tombos! Ninguém denunciava ninguém... Eram só 'acidentes' de moleques: na verdade nunca encontrávamos um culpado. Você lembra destes incidentes: janelas quebradas, jardins destruídos, as bolas que caíam no terreno do vizinho???

Existiam as brigas e, às vezes, muitos pontos roxos... E mesmo que nos machucássemos e, tantas vezes, chorássemos, passava rápido; na maioria das vezes, nem mesmo nossos pais vinham a descobrir... A gente comia muito doce, pão com muita manteiga... Mas ninguém era obeso... No máximo, um gordinho saudável... Nem se falava em colesterol... A gente dividia uma garrafa de suco, refrigerante ou até uma cerveja escondida, em três ou quatro moleques, e ninguém morreu por causa
de vermes!

Não existia o Playstation, nem o Nintendo... Não tinha TV a cabo, nem videocassete, nem computador, nem internet... Tínhamos, simplesmente, amigos! A gente andava de bicicleta ou a pé. Íamos à casa dos amigos, tocávamos a campainha, entrávamos e conversávamos... Sozinhos, num mundo frio e cruel... Sem nenhum controle! Como sobrevivemos? Inventávamos jogos com pedras, feijões ou cartas... Brincávamos com pequenos monstros: lesmas, caramujos, e outros animaizinhos, mesmo se nossos pais nos dissessem para não fazer isso! Os nossos estômagos nunca se encheram de bichos estranhos! No máximo, tomamos algum tipo de xarope contra vermes e outros monstros destruidores... aquele cara com um peixe nas costas...(um tal de Óleo de Fígado de Bacalhau).

Alguns estudantes não eram tão inteligentes quanto os outros, e tiveram que refazer a segunda série... Que horror! Não se mudavam as notas e ninguém que não tivesse conseguido passar de ano acabava sendo passado. As professoras eram insuportáveis! Não davam moleza... Os maiores problemas na escola eram: chegar atrasado, mastigar chicletes na classe ou mandar bilhetinhos falando mal da professora, correr demais no recreio ou matar aula só pra ficar jogando bola no campinho... As nossas iniciativas eram 'nossas', mas as conseqüências também! Ninguém se escondia atrás do outro... Os nossos pais eram sempre do lado da Lei quando transgredíamos as regras! Se nos comportávamos mal, nossos pais nos colocavam de castigo e, incrivelmente, nenhum deles foi preso por isso! Sabíamos que quando os pais diziam 'NÃO', era 'N Ã O'. A gente ganhava brinquedos no Natal ou no aniversário, não todas as vezes que ia ao supermercado... Nossos pais nos davam presentes por amor, nunca por culpa...

Por incrível que pareça, nossas vidas não se arruinaram porque não ganhamos tudo o que gostaríamos, que queríamos... Esta geração produziu muitos inventores, artistas, amantes do risco e ótimos 'solucionadores' de problemas... Nos últimos 50 anos, houve uma desmedida explosão de inovações, tendências... Tínhamos liberdade, sucessos, algumas vezes problemas e desilusões, mas tínhamos muita responsabilidade... E não é que aprendemos a resolver tudo!!! E sozinhos... Se você é um destes sobreviventes... PARABÉNS!

‡‡‡

TOLA,

VAIDOSA,

ATREVIDA.

SOBERBA,

INCULTA E

BANAL:

A POESIA APÓCRIFA,

OU

CASTRO ALVES

ESTÁ MORTO,

BORGES

ESTÁ MORTO TAMBÉM.

— E A MINHA CAIXA DE CORREIO
NÃO ESTÁ SE SENTINDO MUITO BEM.

DE TODAS AS FORMAS DE APÓCRIFOS, a mais antiga — e a mais constante — é a poesia. Já antes da internet circulava pelo mundo o poema 'Instantes', que Borges nunca escreveu; mas um poema de Borges é algo a se levar muito a sério — ainda que os leitores, em sua maioria, sequer percebam que Borges jamais escreveria algo parecido. Na terra de ninguém dos apócrifos, até Clarice Lispector, que jamais escreveu um poema, vira autora de um jogo de palavras.

----- **Não te amo mais** *(para ser lido subindo ou descendo)* -----
DE: ‹Autor Desconhecido›
ATRIBUÍDO A: ‹Clarice Lispector›

Não te amo mais.
Estarei mentindo dizendo que
Ainda te quero como sempre quis
Tenho certeza que
Nada foi em vão
Sinto dentro de mim que
Você não significa nada
Não poderia dizer mais que
Alimento um grande amor
Sinto cada vez mais que
Já te esqueci!
E jamais usarei a frase

Eu te amo!
Sinto, mas tenho que dizer a verdade
É tarde demais...

☦☦☦

----- **Triologia sobre a arte de dar** -----
    DE: ‹Daniela Mel Wajsros› *www.aindabemqueeudei.zip.net*
    ATRIBUÍDO A: ‹Luis Fernando Verissimo›

AINDA BEM QUE EU NÃO DEI
Ainda bem que eu não dei.
Ainda bem que não rolou.
Ainda não foi dessa vez
Que teu jogo funcionou.
Imagina se ontem eu tivesse dado,
Acreditado no seu tipo de apaixonado.
E hoje você mal falou comigo,
Mandou um 'oi' meio de amigo,
Como se nada tivesse rolado.
Imagina se eu tivesse liberado...
Não adiantou seu jeito meloso,
Implorando pra eu ir te ver .
Teatro de primeira, se achando o gostoso
Crente que eu ia dar pra você.
E você ia sumir de qualquer jeito, sem motivo,
E eu ia achar que o problema era comigo...
Que bom que você sumiu antes de se revelar.
É ótimo não ficar esperando o telefone tocar.
Agora, você que fique na vontade,
Nem adianta insistir.
E quando seus amigos perguntarem,
Encara e diz: — Não, não comi!
Ainda bem que eu não dei.
Ainda bem que não rolou.

Se situa, meu bem,
Joga limpo que eu dou.

AINDA BEM QUE EU DEI
Ainda bem que eu dei,
Sem fazer tipo, sem fazer jogo.
Assim é muito mais gostoso.
Tava tudo mesmo pegando fogo.
Dei querendo dar,
Dei sem encanar,
Dei sem me preocupar
Se amanhã você vai ligar,
Pode sumir, pode espalhar, pode desaparecer.
Foi mesmo uma delícia dar pra você.
Se quiser de novo, fica à vontade.
Não tenho medo de saudade,
Dei na maior fé, na paz.
Foi SIM, e não TALVEZ
e se você ainda quiser mais,
Pega a senha, entra na fila e espera sua vez.
Ainda bem que eu dei.
Tudo lindo, tudo zen.
Só uma perguntinha:
Foi bom pra você também?

QUE MERDA QUE EU DEI
Que lixo, que desperdício,
Que triste, que meretrício.
Que ódio, que papelão,
Que merda, que situação...
O que parecia ser tão bom
Foi sem cor, sem gosto, sem som.
Quero esquecer que aconteceu.
Não, acho que não era eu.
Não sei como eu fui cair na sua,

Nesse seu papo de ir ver a lua.
Devia estar a fim de ser enganada,
Bêbada, carente, triste, surtada.
E você se aproveitou desse momento.
Fingiu de amigo, solidário no sentimento,
Mas no fundo sabia bem o que queria.
Como é que eu fui cair nessa baixaria?
Chega, vê se me esquece, desaparece,
Finge que não me conhece.
Foi ruim, ridículo, sem sal,
Vazio, patético, foi mal.
Que merda que eu dei.
Já esqueci, apaguei.
Tchau, querido, tenho mais o que fazer.
Melhor comer sorvete na frente da TV.

☦☦☦

----- **A morte devagar** -----
    DE: ‹Martha Medeiros›
    ATRIBUÍDO A: ‹Pablo Neruda›
    Nota: este texto circula na internet com o nome 'A morte lentamente',
    em versos.

Morre lentamente quem não troca de idéias, não troca de discurso, evita as próprias contradições.

Morre lentamente quem vira escravo do hábito, repetindo todos os dias o mesmo trajeto e as mesmas compras no supermercado. Quem não troca de marca, não arrisca vestir uma cor nova, não dá papo para quem não conhece.

Morre lentamente quem faz da televisão o seu guru e seu parceiro diário. Muitos não podem comprar um livro ou uma entrada de cinema, mas muitos podem e ainda assim alienam-se diante de um tubo de imagens que traz informação e entretenimento, mas que não deveria, mesmo com apenas 14 polegadas, ocupar tanto espaço em uma vida.

Morre lentamente quem evita uma paixão, quem prefere o preto no branco e os pingos nos is a um turbilhão de emoções indomáveis, justamente as que resgatam brilho nos olhos, sorrisos e soluços, coração aos tropeços, sentimentos.

Morre lentamente quem não vira a mesa quando está infeliz no trabalho, quem não arrisca o certo pelo incerto atrás de um sonho, quem não se permite, uma vez na vida, fugir dos conselhos sensatos.

Morre lentamente quem não viaja, quem não lê, quem não ouve música, quem não acha graça de si mesmo.

Morre lentamente quem destrói seu amor-próprio. Pode ser depressão, que é doença séria e requer ajuda profissional. Então fenece a cada dia quem não se deixa ajudar.

Morre lentamente quem não trabalha e quem não estuda, e na maioria das vezes isso não é opção e, sim, destino: então um governo omisso pode matar, lentamente, uma boa parcela da população.

Morre lentamente quem passa os dias queixando-se da má sorte ou da chuva incessante, desistindo de um projeto antes de iniciá-lo, não perguntando sobre um assunto que desconhece, e não respondendo quando lhe indagam o que sabe. Morre muita gente lentamente, e esta é a morte mais ingrata e traiçoeira, pois quando ela se aproxima de verdade, aí já estamos muito destreinados para percorrer o pouco tempo restante.

Que amanhã, portanto, demore muito para ser o nosso dia. Já que não podemos evitar um final repentino, que ao menos evitemos a morte em suaves prestações, lembrando sempre que estar vivo exige um esforço bem maior do que simplesmente respirar.

‡‡‡

----- **No caminho, com Maiakóvski** -----
DE: ‹Eduardo Alves da Costa›
ATRIBUÍDO A: ‹Maiakóvski; Martin Niemöller›
Nota: trecho entre [*1] e [*2] também circula separadamente.

Assim como a criança
humildemente afaga
a imagem do herói,
assim me aproximo de ti, Maiakóvski.
Não importa o que me possa acontecer
por andar ombro a ombro
com um poeta soviético.
Lendo teus versos,
aprendi a ter coragem.

[*1] Tu sabes,
conheces melhor do que eu
a velha história.
Na primeira noite eles se aproximam
e roubam uma flor
do nosso jardim.
E não dizemos nada.
Na segunda noite, já não se escondem:
pisam as flores,
matam nosso cão,
e não dizemos nada.
Até que um dia,
o mais frágil deles
entra sozinho em nossa casa,
rouba-nos a luz, e,
conhecendo nosso medo,
arranca-nos a voz da garganta.
E já não podemos dizer nada. [*2]

Nos dias que correm
a ninguém é dado
repousar a cabeça
alheia ao terror.
Os humildes baixam a cerviz;
e nós, que não temos pacto algum
com os senhores do mundo,
por temor nos calamos.
No silêncio de meu quarto
a ousadia me afogueia as faces
e eu fantasio um levante;
mas amanhã,
diante do juiz,
talvez meus lábios
calem a verdade,
como um foco de germes
capaz de me destruir.

Olho ao redor
e o que vejo
e acabo por repetir
são mentiras.
Mal sabe a criança dizer 'mãe'
e a propaganda lhe destrói a consciência.
A mim, quase me arrastam
pela gola do paletó
à porta do templo
e me pedem que aguarde
até que a Democracia
se digne a aparecer no balcão.
Mas eu sei,
porque não estou amedrontado
a ponto de cegar, que ela tem uma espada
a lhe espetar as costelas,
e o riso que nos mostra

é uma tênue cortina
lançada sobre os arsenais.

Vamos ao campo
e não os vemos ao nosso lado,
no plantio.
Mas ao tempo da colheita,
lá estão
e acabam por nos roubar
até o último grão de trigo.
Dizem-nos que de nós emana o poder,
mas sempre o temos contra nós.
Dizem-nos que é preciso
defender nossos lares,
mas, se nos rebelamos contra a opressão,
é sobre nós que marcham os soldados.

E por temor eu me calo,
por temor aceito a condição
de falso democrata
e rotulo meus gestos
com a palavra liberdade,
procurando, num sorriso,
esconder minha dor
diante de meus superiores.
Mas dentro de mim,
com a potência de um milhão de vozes,
o coração grita: — MENTIRA!

‡‡‡

----- **A pessoa errada** -----
    DE: ‹Autor Desconhecido›
    ATRIBUÍDO A: ‹Luis Fernando Verissimo›

Pensando bem,
Em tudo o que a gente vê e vivencia
E ouve e pensa,
Não existe uma pessoa certa pra gente.
Existe uma pessoa
Que, se você for parar pra pensar
É, na verdade, a pessoa errada.
Porque a pessoa certa
Faz tudo certinho.
Chega na hora certa,
Fala as coisas certas,
Faz as coisas certas,
Mas nem sempre a gente tá precisando das coisas certas.
Aí é a hora de procurar a pessoa errada.
A pessoa errada te faz perder a cabeça,
Fazer loucuras,
Perder a hora,
Morrer de amor.
A pessoa errada vai ficar um dia sem te procurar,
Que é pra na hora que vocês se encontrarem
A entrega ser muito mais verdadeira.
A pessoa errada é, na verdade, aquilo que a gente chama de pessoa certa.
Essa pessoa vai te fazer chorar,
Mas uma hora depois vai estar enxugando suas lágrimas.
Essa pessoa vai tirar seu sono,
Mas vai te dar em troca uma noite de amor inesquecível.
Essa pessoa talvez te magoe
E depois te encha de mimos pedindo seu perdão.
Essa pessoa pode não estar 100% do tempo ao seu lado,
Mas vai estar 100% da vida dela esperando você,
Vai estar o tempo todo pensando em você.

A pessoa errada tem que aparecer pra todo mundo,
Porque a vida não é certa.
Nada aqui é certo.
O que é certo mesmo é que temos que viver
Cada momento,
Cada segundo,
Amando, sorrindo, chorando, emocionando, pensando, agindo, querendo, conseguindo.
E só assim
É possível chegar àquele momento do dia
Em que a gente diz: 'Graças a Deus deu tudo certo.'
Quando, na verdade,
Tudo o que Ele quer
É que a gente encontre a pessoa errada,
Pra que as coisas comecem a realmente funcionar direito pra gente...
'Não temas desistir do bom para buscar o melhor.'

‡‡‡

----- **Há momentos** -----
    DE: ‹Autor Desconhecido›
    ATRIBUÍDO A: ‹Clarice Lispector›

Há momentos na vida em que sentimos tanto
a falta de alguém, que o que mais queremos
é tirar esta pessoa de nossos sonhos
e abraçá-la.
Sonhe com aquilo que você quiser.
Seja o que você quer ser,
porque você possui apenas uma vida
e nela só se tem uma chance
de fazer aquilo que se quer.
Tenha felicidade bastante para fazê-la doce.
Dificuldades para fazê-la forte.
Tristeza para fazê-la humana.

E esperança suficiente para fazê-la feliz.
As pessoas mais felizes
não têm as melhores coisas.
Elas sabem fazer o melhor
das oportunidades que aparecem
em seus caminhos.
A felicidade aparece para aqueles que choram.
Para aqueles que se machucam.
Para aqueles que buscam e tentam sempre.
E para aqueles que reconhecem
a importância das pessoas que passam por suas vidas.
O futuro mais brilhante
é baseado num passado intensamente vivido.
Você só terá sucesso na vida
quando perdoar os erros
e as decepções do passado.
A vida é curta, mas as emoções que podemos deixar
duram uma eternidade.
A vida não é de se brincar,
porque um belo dia se morre.

‡‡‡

----- **A orgulhosa** *(Num baile)*-----
    DE: ‹Trasíbulo Ferraz›
    ATRIBUÍDO A: ‹Castro Alves›

Ainda há pouco pedi-te,
Pedi-te para valsar...
Disseste: —És pobre, és plebeu;
Não me quiseste aceitar!
No entretanto ignoras
Que aquele a quem tanto adoras,
Que te conquista e seduz,
Embora seja da 'nata',

É plena figura chata,
É fósforo que não dá luz!

Deixa-te disso, criança,
Deixa de orgulho, sossega,
Olha que o mundo é um oceano
Por onde o acaso navega.
Hoje, ostentas nas salas
As tuas pomposas galas,
Os teus brasões de rainha.
Amanhã, talvez, quem sabe?
Esse teu orgulho se acabe,
Seja-te a sorte mesquinha.

Deixa-te disso, olha bem!
A sorte dá, nega e tira.
Sangue azul, avós fidalgos,
Já neste século é mentira.
Todos nós somos iguais,
Os grandes, os imortais,
Foram plebeus como eu sou.
Ouve mais esta lição:
Grande foi Napoleão,
Grande foi Victor Hugo.

Que serve nobre família,
Linhagem pura de avós?
Se o sangue dos reis é o mesmo,
O mesmo que corre em nós!
O que é belo e sempre novo
É ver-se um filho do povo
Saber lutar e subir,
De braços dados com a glória,
Pra o Pantheon da História,
Pra conquista do porvir.

De nada vale o que tens,
Que não me podes comprar;
Ainda que possuísses
Todas as pérolas do mar!
És fidalga? — Sou poeta!
Tens dinheiro? — Eu a completa
Riqueza no coração.
Não troco uma estrofe minha
Por um colar de rainha
Nem por troféus de latão.

Agora sim, já é tempo
De te dizer quem sou eu,
Um moço de vinte anos
Que se orgulha em ser plebeu,
Um lutador que não cansa,
Que ainda tem esperança
De ser mais do que hoje é,
Lutando pelo direito,
Pra esmagar o preconceito
Da fidalguia sem fé!

Por isso quando me falas,
Com esse desdém e altivez,
Rio-me tanto de ti,
Chego a chorar muita vez.
Chorar sim, porque calculo,
Nada pode haver mais nulo,
Mais degradante e sem sal,
Do que uma mulher presumida,
Tola, vaidosa, atrevida,
Soberba, inculta e banal.

‡‡‡

----- **Instantes** -----
    DE: ‹Don Herold›
    ATRIBUÍDO A: ‹Jorge Luis Borges; Nadine Stair›

Se eu pudesse viver novamente a minha vida,
na próxima trataria de cometer mais erros.
Não tentaria ser tão perfeito, relaxaria mais.
Seria mais tolo ainda do que tenho sido;
na verdade, bem poucas pessoas me levariam a sério.
Seria menos higiênico. Correria mais riscos,
viajaria mais, contemplaria mais entardeceres,
subiria mais montanhas, nadaria mais rios.
Iria a mais lugares onde nunca fui,
tomaria mais sorvete e menos lentilha,
teria mais problemas reais e menos imaginários.
Eu fui uma dessas pessoas que viveu
sensata e produtivamente cada minuto da sua vida.
Claro que tive momentos de alegria.
Mas, se pudesse voltar a viver,
trataria de ter somente bons momentos.
Porque, se não sabem, disso é feito a vida:
só de momentos — não percas o agora.
Eu era um desses que nunca ia a parte alguma
sem um termômetro, uma bolsa de água quente,
um guarda-chuva e um pára-quedas;
se voltasse a viver, viajaria mais leve.
Se eu pudesse voltar a viver,
começaria a andar descalço no começo da primavera
e continuaria assim até o fim do outono.
Daria mais voltas na minha rua,
contemplaria mais amanheceres
e brincaria com mais crianças,
se tivesse outra vez uma vida pela frente.
Mas, já viram, tenho 85 anos
e sei que estou morrendo.

OS AUTORES PÕEM OS PINGOS NOS II,

E EXPLICAM QUE FOCINHO DE PORCO NÃO É TOMADA. NÃO ADIANTA NADA, PORQUE MUITA GENTE VAI CONTINUAR INSISTINDO EM SE LIGAR NOS SUÍNOS, MAS PELO MENOS FICA AQUI LAVRADA A GRITA DOS INJUSTIÇADOS.

---- **Precisa-se de matéria-prima para construir um país** -----
DE: ‹João Ubaldo Ribeiro›
Nota: diante do dilúvio de emails divulgando ao mundo o seu suposto texto (página 77), João Ubaldo Ribeiro tomou uma atitude original — passou ele mesmo a mandá-lo para os amigos, acompanhado de um bilhetinho esclarecendo a situação:

Estou lhe mandando o texto abaixo porque está circulando na internet como meu e, antes que você tome um susto ao eventualmente recebê-lo, quero explicar que não tem nada de meu, eu não escreveria esse negócio nunca. Até o detalhe de molhar a mão do guarda é inverídico, porque não tenho carteira e não dirijo mais há uns trinta anos. Mas não posso fazer nada, só posso desmentir a quem me pergunte. E agora você, a quem lhe perguntarem. Abraços chateados de João Ubaldo.

‡‡‡

----- **Em trilha de paca, tatu caminha dentro** -----
DE: ‹Arnaldo Jabor›
Nota: crônica publicada no jornal O Estado de S. Paulo, *em 20 de julho de 2004.*

Hoje não tem estilo, não tem capricho, não tem figuras de retórica; nada de metáforas, metonímias, catacreses ou aliterações chiques como: 'Rara, rubra, risonha, régia rosa!' ou 'Na messe, que enlourece, estremece a quermesse'.

Hoje vai tudo em bruto, em rascunho, porque descobri na internet que sou uma besta quadrada mesmo (dirão meus inimigos: 'Finalmente, ele se encontrou...'). Eu tenho traçado mal traçadas linhas há 13 anos (gente... eu escrevo em jornal desde 1991!...) numa média de 60 artigos por ano, o que totalizaria 780 artigos caprichados, e descubro aterrado na internet que sou um animal, um forte asno. Explico por quê.

Ando pela rua e as pessoas me abordam: 'Adorei o seu artigo que está circulando na internet! Maior sucesso!' Pergunto, já com medo: 'Que artigo?' 'Esse texto genial que você escreveu e que todo mundo me mandou. Chama-se 'Bunda dura'.'

Imediatamente, sinto-me irreal: 'Eu sou eu, ou sou outro?' Por um instante, penso que tenham renomeado algo que escrevi, mas respondo: 'Não fui eu quem escreveu esse texto!' Digo isso envergonhado e vagamente agressivo para a pessoa, que logo replica: 'Puxa!... mas o texto é ótimo, adorei o 'Bunda dura'!'

Aí, não agüento e digo: 'Você acha que eu ia escrever uma bosta dessas?' Aí, o admirador do texto apócrifo, o fã de um Jabor virtual se encolhe meio ofendido, flagrado em sua desinformação: 'Mas... tem coisas legais...' E eu, implacável: 'É uma bosta!' Aí, o sujeito sai sorrindo amarelo e vira meu inimigo para sempre.

Vejam o efeito da burrice 'serial': um burro me falsifica, um outro gosta e quem paga o pato sou eu. E fico mais invocado ainda porque capricho muito quando escrevo nos jornais, vocês nem imaginam. Considero o jornal um suporte genial, pois somos lidos por milhares toda semana e podemos falar do mundo ainda quente, sem a busca por transcendências perdidas, tanto assim que, se eu fizer um romance ou um poema épico em 11 cantos, tentarei escrever com a simplicidade leve que busco em meus pobres artigos. Mas o que realmente me encafifa é ver um clandestino simulando o que eu tenho de pior e também porque sou amado pelo que não sou.

Esse texto da 'Bunda dura' está famoso. Toda hora alguém me elogia. Há trechos assim: 'Tenho horror a mulher perfeitinha. Sabe aquele tipo que faz escova toda manhã, tá sempre na moda e é tão sorridente que parece propaganda de clareamento dentário?' 'E, só pra piorar, tem a bunda dura! Mulheres assim são um porre. Pior: são brochantes!' Aí, a admiradora de bunda caída repete, feliz: 'Adorei!'

A primeira vez que saiu um troço desses (vou escrever de qualquer jeito...) eu encuquei, fiquei na maior bronca e esculachei o carinha que 'me tinha metido nessa canastrice' (sacaram os cacófatos?), pois o dito texto esculhambava a linda amiga Adriane Galisteu. Companheiro leitor (serei chulo), tu num sabe o bode que essa parada deu, por causa que o elemento apocrifador era um coleguinha jornalista que publicara aquilo num outro jornal, que eu não sabia. Caí de pau no cara e isso me meteu num 'cu-de-boi' chato pra cacete e tive de escrever outro artigo para me explicar para a Adriane.

Outros textículos rolam na internet. Chega a menina sorrindo pra mim: 'Rapaz... finalmente alguém diz a verdade sobre as mulheres na internet! Mandei isso pra mil amigas, principalmente naquela parte que você diz: 'Elas são tão cheirosinhas... elas fazem biquinho e deitam no teu ombro...'' 'Não escrevi isso...', respondo. 'Não seja modesto! É a melhor coisa que já fez!... Olha só essa parte em que você diz: 'Ela tem horror de qualquer carninha saindo da calça de cintura tão baixa que o cós acaba!'...' 'Eu jamais escreveria 'cós acaba!'' 'Nem vem... é teu melhor texto...' — e vai embora rebolando feliz...

E não publicam só textos safadinhos, mas até coisas épicas, como uma esplendorosa 'Ode aos gaúchos', que eu teria escrito, o que já me valeu abraços apertados de machos bigodudos em Porto Alegre, quebrando-me os ossos: 'Tché, tua escritura estava macanuda, trilegal!' Eu nego ter escrito aquele ditirambo meio farroupilha aos bigodudos, mas nego num tom vago, para não ser esculachado: 'Tu não escreveste? Então tu não amas nossas 'prendas' lindas, e negas ter escrito aquele pedaço em que tu dizes 'que a gente já nasce montado num bagual'? Aquilo fez meu pai chorar, e o pedaço em que falas que 'por baixo do poncho também bate um coração'? Tu tá tirando o cu da reta, tché?' e me aponta o dedo, de bombachas e faca de prata. 'Não fui eu não, mas... viva o Olívio Dutra!...'

E há mais. Um deles é sobre 'Amores mal resolvidos', em que acho frases profundas como 'Você sabe, o amor acaba'. Ou 'dor-de-cotovelo é quando o amor é interrompido antes que se esgote'... E há um outro chamado 'Crônica do amor louco', em que leio 'pálido de espanto': 'O amor não é chegado a fazer contas' ou 'quando a mão dele toca tua nuca, tu derretes feito manteiga' ou 'Ah, o amor, essa raposa...'.

Sei que outros escritos fantasmas virão, mas saibam que só existo mesmo nas páginas dos jornais, em que tenho coluna pelo país afora, e que a internet é um deserto virtual, sem chão, onde as individualidades se dissolvem e eu viro um nome sem corpo...

Por isso, vou dar um conselho aos meus ghost-writers: sejam vocês mesmos! Apareçam na internet, 'bloguem-se', 'orkutem-se', 'spamem' suas almas líricas, sem receio ou pudor. Lembrando-me daquele japonês chamado Aki Sujiro, eu aqui sugiro alguns teminhas, para vocês glosarem.

Aqui vão: 'Tudo sobre minha mãe', como no filme do Almodóvar, ou 'Confissões de um menino no porão ou o dia em que dei num troca-troca', ou até um texto de cunho mais folclórico e regional: 'Em trilha de paca, tatu caminha dentro?'

Não temam, rapazes, não se escondam — expressem-se!

‡‡‡

----- **Eu não escrevi 'Bunda dura'** -----
DE: ‹Arnaldo Jabor›
Nota: crônica publicada no jornal O Estado de S. Paulo, *em 31 de agosto de 2004*

Eu não escrevi 'Bunda dura', texto que rola na internet e que está virando um cult, principalmente para mulheres. Toda hora, alguém me pára na rua: 'Adorei a sua 'bunda!'' 'Que bunda, cara!' digo, fingindo que não sei o que é. Não dá outra: 'Aquele texto seu, que idéias, que ironias...', me responde.

Fico louco, porque estou sendo elogiado justamente pelo que não fiz. Toda semana tento ser inteligente, escrevo sobre o Bush, a crise internacional, espremo meus pobres conhecimentos filosóficos ou sociológicos, capricho na língua, tudo para ser chamado de 'profundo' e, aí, 'Bunda dura' vem e é meu Prêmio Jabuti, minha medalha.

Entrei no Google e botei 'bunda dura'; pintaram dezenas de referências. A maioria é de mulheres que, creio eu, não têm ou já tiveram bunda bonita. Quem será o famoso autor de 'Bunda dura'? Creio que é uma mulher e, possivelmente, baranga. Certamente Juliana Paes não protestaria. O artigo é a vingança de trêmulas nádegas eivadas de celulites.

Tento até buscar um momento qualquer de brilho no tal texto, para ver se 'minha fama' seria merecida. Não encontro nada. Nos chats, blogs e outras ilhas de bobagens, pasmo, pois há intensa polêmica sobre mim, sobre um texto que não é meu. Uns dizem que é genial, que finalmente alguém defende as mulheres de bunda mole. Outros me esculacham, dizendo que eu sou uma besta.

Então, aplicadamente, faço uma paciente exegese do texto 'Bunda dura'. Talvez o único conceito que mereça destaque seja a defesa da importância da 'autenticidade', neste mundo artificial e virtual. Mas, é pouco, muito pouco, principalmente a 'autenticidade' defendida por um falsário.

Isso dado, devo afirmar aqui minha posição definitiva em relação à bunda, seja ela dura ou mole.

A bunda realmente me inquieta. Dá-me a impressão de ter se destacado do corpo e de ter ganhado uma vida própria. Antigamente, a bunda fazia parte da mulher completa, talvez mais oprimida, com celulite e varizes, mas é inegável que a bunda era parte da mulher. Hoje, a mulher é que pertence à sua bunda. Há mulheres que passeiam seus bumbuns como cachorrinhos de luxo, outras que chegam a ter ciúmes de suas próprias bundas, mais queridas que elas. Há bundas que chegam a ter pena de suas donas e parecem dizer: 'Prestem atenção nela, ela também é legal.'

Hoje, visivelmente, o desejo sexual do homem migrou para os bumbuns. Nas revistas de sacanagem, as vaginas têm perdido terreno em relação aos bumbuns. Por que será? Talvez porque a vagina seja um território mais sagrado e mais temido. Dela sai a vida, saímos todos, há mistério na vagina.

Ali é que está a verdadeira diferença sexual, já que bundas bonitas podem ser de homens e mulheres. A vagina não. Ela angustia os homens por ser o lugar de uma castração simbólica. Na vagina, 'não há' alguma coisa. A vagina põe os homens diretamente diante de seu oposto. Fala-se muito em inveja do pênis para as mulheres. Que nada. Hoje, com a liberdade da mulher, o grande trauma é o 'medo da vagina'. Os homens têm medo de enfrentar aquela entrada para o ventre, aquela porta de caverna onde poderíamos nos perder.

Chega a haver um movimento nos salões de beleza para devolver à vagina, melhor dizendo, ao 'monte de Vênus', um novo encanto pós-moderno. Talvez a velha floresta pubiana, desordenada, inextrincável das vaginas d'antanho, parecesse aos homens uma selva de perigos. Hoje, as mulheres gastam horas penduradas em trapézios para ter seus pentelhinhos reduzidos a um bigodinho básico, inocente, como se dissessem: 'Venham sem medo... Sou apenas um tufinho elegante, como o bigodinho do Sarney ou no máximo o bigodão do Greenhalgh do PT, mas nunca chegarei ao desgrenhamento sinistro de Olívio Dutra. Venham!'

Mas talvez não adiante muito, pois homens e mulheres cultivam mais a bundinha porque ali é o lugar da irresponsabilidade, da não-vinculação, do não-casamento... A bundinha é livre, não faz nascer, não leva à igreja. A bunda tem mais a ver com a sexualidade irresponsável e veloz de hoje. A bunda não procria — muito pelo contrário. A bunda não tem rosto, como o 'sujeito moderno'. A vagina é o lugar do 'outro'; a bunda, o lugar do 'mesmo'. De costas, a mulher fica menos ameaçadora. Seus olhos, sua boca, seus sentimentos não ficam visíveis. Na relação anal, todos estão ausentes, não há a perigosa defrontação com um sorriso irônico, a frieza de um olhar.

Na relação anal estamos sozinhos. Além de tudo, na relação anal, ou mesmo *more ferarum* (como as feras), talvez haja um resquício mais animal, mais ancestral, lembrança de macacos e macacas, e não a santificada 'posição do missionário', como chamavam os selvagens da África, vendo seus catequistas transando no tradicional 'papai-e-mamãe'.

Nesse espantoso panorama de bundas que vemos em toda parte, barriguinhas de fora, calça baixa e bundinha empinada, em shoppings, colégios, vemos que a amostragem clara, modelada das bundinhas, não tem mais nem maldade. É a moda de mercado.

Antigamente, havia a sedução pelo despertar da curiosidade, pelo atiçamento, para os homens adivinharem as belezas femininas ocultas. Hoje, com a competição, a exposição radical de bundinhas é prateleira de ofertas. Há um professor de ginástica que grita: 'Vocês não têm vida interior, não... Só bunda e barriga!'

Talvez essa seja a razão do sucesso do texto que não escrevi. Na vida secreta, as mulheres querem ser amadas pelo que são profundamente. Mas ninguém vê suas belezas internas. É como eu. Ninguém me ama pelo que escrevo. Só gostam da bunda dura que não é minha.

‡‡‡

----- **Quem copia o rabo amplia!** -----
DE: ‹Rosana Hermann›
Nota: publicado no site HumorTadela, em 24 de março de 2004.

Nunca usei idéias alheias, mais por orgulho do que por honra. Minhas idéias podem ser idiotas mas eu tenho carinho por elas, crio essas coitadinhas abandonadas desde pequenininhas. Peguei amor. Assim, quando alguém chega e diz: 'oi, eu queria trocar uma idéia com você', logo explico:
— Desculpe, mas as minhas idéias eu não troco pelas de ninguém!

Isso era antes. No princípio era o verbo, as trevas e o caos. Depois veio a luz, a internet, os filhos da mãe que roubam tudo o que a gente cria e aí o caos piorou muito. Digo isso porque, ontem, só faltou eu botar a peruca, o chapéu e fazer uma lobotomia, porque eu fiquei realmente tiririca.

Eu sei, eu sei, que a cópia é um elogio silencioso, que ser alvo de problemas é sinal de sucesso. Mas tem gente que merecia ter as orelhas fatiadas com tomate seco e servidas em torradinhas de coquetel. Como é que alguém pega um texto que você escreveu, elaborou, seja ele bom ou ruim, tira o seu nome que assina a coluna no final e, simplesmente, passa adiante sem crédito e publica dizendo que é de autor 'desconhecido'? Olha, se é por falta de 'conhecimento', muito prazer!

Do que eu estou falando? De um blog do Terra do tipo 'eu odeio', que copiou de cabo a rabo, da nuca ao calcanhar, a coluna sobre a Solange, chamada 'Minha inguinorância é pobrema meu'. Primeiro que, pra pegar numa coisa íntima que é sua, primeiro precisa pedir se você deixa, e, depois, no mínimo, tem que lavar a mão e botar seu nome.

Não sou um caso isolado, claro, milhões de pessoas são roubadas e chupadas em suas criações, se bem que muita gente que é chupada acaba gostando. Mas só copia quem não cria, quem não sabe o trabalho que dá. O povo que faz charges, piadas com imagens, escreve o endereço, bota nome no Photoshop, tentando evitar que os ladrões de idéia publiquem suas criações sem crédito. Mas como é que a gente põe marca d'água num texto? Será que por causa desse FDP eu vou ter que escrever em PDF e subir em FTP? PQP!!!

Há uma corrente que acredita que a internet é terra de ninguém, uma espécie de 'cúdomundo' coletivo, um grande buraco negro onde todo mundo põe o que quiser dentro. Não é bem assim. A web é uma mídia aberta, pública. É como se a televisão abrisse o acesso do seu sinal e todo mundo pudesse colocar seu próprio programa de televisão no ar. Acredite, com o nível de gente que rouba o texto, ia ter programa muito, mas muito pior que o do João Kleber no ar! Sim, porque, como a gente já aprendeu, sempre dá pra piorar!

Na minha opinião, que eu pensei sozinha e sem as mãos, as pessoas que hackeiam, pentelham, roubam, explodem e 'K-gam' solenemente na web, estão matando a galinha dos ovos virtuais de ouro. Porque isso aqui, ô ô, é um pouquinho de Brasil iáiá e um pouquinho de cada lugar do mundo, e é maravilhoso, é um Epcot Center com Disneylândia, com Harvard, com Biblioteca de Alexandria, com barracão de escola de samba, estúdio de rádio, jornal, correio, tudo. Não vou dizer que a internet é 'tudo de bom', mas ela é muito legal. Todo mundo deveria cuidar bem. Sabendo usar, não vai faltar.

O pior é que toda vez que você tem um problema, vem uma turma pra fazer seu problema parecer ridículo, dizendo: 'Nooooosa!!! Você ficou chateada só porque roubaram um texto que você fez??!!' Claro, a pessoa não sabe o que é ficar até uma, duas da manhã, criando e escrevendo pra manter uma coluna diária depois de um dia de trabalho. Ou ter que assistir ao *Big Brother* pra manter a coluna em dia. Pra ela é pouco. É papo de gente que promete que vai botar só a cabecinha só pra levar no mato junto com a Maria Chiquinha.

Pronto, falei. Agora passou. Melhorei. Nem me importo mais. Vou achar uma solução. Vou virar um grande escritora, internacionalmente famosa, interplanetariamente conhecida. E mais, vou firmar um estilo, assim, mesmo que botem outro nome em baixo do meu texto, ou apenas tirem o meu, os leitores saberão que fui eu que fiz. Porque gente que cria é sempre vaidosa, tem orgulho do que faz, e precisa de reconhecimento pra ser feliz.

Um beijo copiado, um browse xerocado, um aperto de mouse protegido por copyrights,
    da Rosana Hermann

ps: Alô? sim? como? pois não? sei... a coluna de hoje não ficou engraçada... entendi... tá... amanhã eu melhoro. Bom, mas veja pelo lado bom... pelo menos hoje, ninguém vai copiar!

‡‡‡

----- **Vaidade** -----
DE: ‹Rosana Hermann›
Nota: publicado no Querido Leitor *de 25 de agosto de 2004.*

Ontem, dia 24 de agosto, comecei a receber mensagens, comentários e emails no blog, me avisando que este post ('No trabalho, e chocada', página 68) havia sido publicado no Orkut, assinado por Herbert Vianna.

Estranhei e fui procurar na web. Imediatamente achei blogs replicando o mesmo texto que escrevi, assinado por Herbert Vianna e adulterado. A pessoa, a primeira, a que tinha a má intenção de tirar meu nome e o contexto, suprimiu a última frase 'PS: Desculpe o desabafo, o texto em um fôlego só. Mas sabe, isso é um blog'. Tirou meu nome, mudou o título, colocou uma frase do Herbert Vianna no final e assinou com o nome dele.

A má intenção ficou clara porque eu não escrevo o nome de D´us completo, por uma questão pessoal mesmo. Assim, suprimo a letra 'e', tornando a palavra D´us impronunciável. Ou seja, não foi um 'cortar e colar', a pessoa de fato mudou meu texto e, sobretudo, tirou meu nome. Por que será que alguém faz isso, roubar o texto e a autoria? Com que intenção? Ela deve gostar do texto, senão, não copiaria. Quem é a primeira pessoa que toma a decisão de tirar meu nome e colocar Herbert Vianna? Por que não 'Luis Fernando Verissimo', o preferido por tanta gente que rouba textos de humor? Ah, entendi o critério! Quem rouba texto de humor usa o Luis Fernando e quando é texto de amor, rimado, é Herbert Vianna.

Meu nome é Rosana Hermann. Sou fã de Herbert Vianna e este texto é meu, é deste blog. Entre quando quiser no blog, a casa é sua. Mas por favor, não atire na dona da casa.

‡‡‡

----- **Clonagem de textos** -----
DE: ‹Martha Medeiros›
Nota: publicado no site Almas Gêmeas.

A internet aproxima amigos e divulga informação: só é nociva à medida que as pessoas são, elas próprias, nocivas. Infelizmente, uma destas nocividades tem se manifestado em forma de desrespeito ao direito autoral.

Circula pela internet um texto meu sobre saudade, chamado 'A dor que dói mais', publicada aqui no *Almas Gêmeas* e no meu livro *Trem-Bala,* assinado por Miguel Falabella, inclusive com uns enxertos vulgares, licença poética que o 'co-autor', seja quem for, se permitiu. Também andou circulando um texto meu chamado 'As razões que o amor desconhece', desta vez creditado a Roberto Freire. No Dia Internacional da Mulher, a apresentadora Olga Bongiovanni, da TV Bandeirantes, gentilmente leu no ar o meu texto 'O Mulherão', e em seguida o disponibilizou no site do programa, onde pude constatar alguns parágrafos adicionados por algum outro co-autor ávido por fazer sua singela contribuição. A produção corrigiu o erro assim que foi avisada. Quem controla isso?

Imagino que essa apropriação indevida venha lesando diversos outros cronistas, que, por dever de ofício, produzem textos diariamente, tornando-se inviável o registro de cada um deles. A fiscalização fica por conta do leitor, que, conhecendo o estilo do escritor, pode detectar sua autenticidade.

Não chega a ser um crime hediondo e também não é novo. Credita-se a Borges um texto sobre como ele viveria se pudesse nascer de novo, que os estudiosos da sua obra negam a autoria, e García Márquez, pouco tempo atrás, teve que desmentir ser ele o autor de um manifesto meloso que andou circulando entre os internautas. Luis Fernando Verissimo também andou negando a autoria de um texto sobre drogas, que assinaram como se fosse dele. Todas as pessoas que escrevem estão e sempre estiveram vulneráveis a esses enganos, involuntários ou não, mas não há dúvida de que a internet, pela facilidade e rapidez de divulgação de emails, massificou a rapinagem.

Perde com isso, primeiramente, o autor, que vive de seu trabalho e que fica à mercê de ter suas palavras e pensamentos transferidos para outro nome ou adulterados: não são poucos os que acrescentam sua própria idéia ao texto e mantêm o nome do autor verdadeiro, pouco se importando em corromper a legitimidade da obra. E perde também o leitor, que é enganado na sua crença e que poderá vir a passar por desinformado. Viva a internet, mas que os gatunos virtuais tratem de produzir eles mesmos suas próprias verdades.

‡‡‡

----- **Apócrifos** -----
    DE: ‹Luis Fernando Verissimo›
    Nota: crônica publicada em O Estado de S. Paulo *em 18 de janeiro de 2002.*

Não sei se existem outros, mas há pelo menos dois textos rolando pela internet com a minha assinatura dos quais sou inocente. Um deles, que compara boa parte da música popular brasileira a drogas e instrui as pessoas a evitar, entre outras coisas, cantores e compositores de Goiânia, já me valeu algumas cartas indignadas de Goiás, como era de se esperar. Respondi às cartas, expliquei o que tinha acontecido, acho que tudo ficou esclarecido, mas pretendo evitar músicos de Goiás durante algum tempo, por saudável precaução.

Enquanto as possíveis conseqüências de textos apócrifos forem só protestos e ameaças de desmembramento, tudo bem. Mas e se o tal de Apócrifo inventar de difamar alguém com a minha assinatura? Não sei até que ponto é possível descobrir a origem de um texto lançado na internet, ou se, até conseguir provar que o texto da internet não é meu, eu não serei processado, obrigado a pagar por danos morais, além dos custos processuais, e estarei arruinado, reduzido à mendicância ou, pior, a um emprego público, para poder sustentar a família e o hábito da bebida a que certamente recorrerei para esquecer o desgosto, e pagar o quartinho alugado na Rua da Amargura, sem número, fundos, tudo pelo que não fiz, ou não escrevi. Imagine se alguém inventa de começar a criticar, sei lá, o presidente da República, usando o meu nome!

Que fique estabelecido, portanto, que qualquer texto mal escrito, ou bem escrito mas controvertido, ou incoerente, bobo, nada a ver, pretensioso, metido a besta, pseudolírico, pseudoqualquer coisa, pseudopseudo, ou que de alguma forma possa dar cadeia ou problemas com autoridades, goianos ou outros grupos, com a minha assinatura, na internet ou fora dela, não é meu. Todos os outros — inclusive alguns com outras assinaturas, até prova em contrário — são meus.

‡‡‡

----- **Presque** -----
DE: ‹Luis Fernando Verissimo›
Nota: *crônica publicada no jornal* Zero Hora *de 24 de março de 2005.*

A internet é uma maravilha, a internet é um horror. Não sei como a humanidade pôde viver tanto tempo sem o email e o Google, não sei o que será da nossa privacidade e da nossa sanidade quando só soubermos conviver nesse ciberuniverso assustador. O mais admirável da internet é que tudo posto nos seus circuitos acaba tendo o mesmo valor, seja receita de bolo ou ensaio filosófico, já que o meio e o acesso ao meio são absolutamente iguais. O mais terrível é que tudo acaba tendo a mesma neutralidade moral, seja pregação inspiradora ou pregação racista — ou receita de bomba —, já que a linguagem técnica é a mesma e a promiscuidade das mensagens é incontrolável. Não temos nem escolha entre o admirável e o terrível, pois, acima de qualquer outra coisa, a internet, hoje, é inevitável.

Uma das incomodações menores da internet, além das repetidas manifestações que recebo de uma inquietante preocupação, em algum lugar, com o tamanho do meu pênis, é o texto com autor falso, ou o falso texto de autor verdadeiro. Ainda não entendi o recato ou a estranha lógica de quem inventa um texto e põe na internet com o nome de outro, mas o fato é que os ares estão cheios de atribuições mentirosas ou duvidosas. Já li vários textos com assinaturas improváveis na internet, inclusive vários meus que nunca assinei, ou assinaria. Um, que circulou bastante, comparava duplas sertanejas com drogas e aconselhava o leitor a evitar qualquer cantor saído de Goiânia, o que me valeu muita correspondência indignada. Outro era sobre uma dor de barriga desastrosa, que muitos acharam nojento ou, pior, sensacional. O incômodo, além dos eventuais xingamentos, é só a obrigação de saber o que responder em casos como o da senhora que declarou que odiava tudo que eu escrevia até ler, na internet, um texto meu que adorara, e que, claro, não era meu. Agradeci, modestamente. Admiradora nova a gente não rejeita, mesmo quando não merece.

O texto que encantara a senhora se chamava 'Quase' e é, mesmo, muito bom. Tenho sido elogiadíssimo pelo 'Quase'. Pessoas me agradecem por ter escrito o 'Quase'. Algumas dizem que o 'Quase' mudou suas vidas. Uma turma de formandos me convidou para ser seu patrono e na última página do caro catálogo da formatura, como uma homenagem a mim, lá estava, inteiro, o 'Quase'. Não tive coragem de desiludir a garotada. Na internet, tudo se torna verdade até prova em contrário, e como na internet a prova em contrário é impossível, fazer o quê?

Eu gostaria de encontrar o verdadeiro autor do 'Quase' para agradecer a glória emprestada e para lhe dar um recado. No Salão do Livro de Paris, na semana passada, ganhei da autora um volume de textos e versos brasileiros muito bem traduzidos para o francês, com uma surpresa: eu estava entre Clarice Lispector, Carlos Drummond de Andrade, Manuel Bandeira e outros escolhidos, adivinha com que texto? Em francês ficou 'Presque'.

‡‡‡

ESTE LIVRO FOI COMPOSTO EM AUTO E IMPRESSO PELA EDIOURO GRÁFICA
SOBRE PAPEL OFFSET 75G PARA A AGIR EM FEVEREIRO DE 2006.